十三夜

[日] 樋口一叶 著
杨栩茜 译

中国出版集团
现代出版社

我是为了抚慰世间女性的疾苦和失望而降生到这个世上的。

——樋口一叶

目录

暗　樱

上

一径竹篱笆，隔开中村家和园田家的宅院，两家人共用一口深深的水井，共享屋角幽幽的梅花香味。

园田家的户主前年去世，继任者是二十岁的年轻人良之助，他正在某所学校读书。中村家原本也曾有过一个男孩，可惜早早夭折，只剩下一个独生女。宝贝女儿真是家里的掌上明珠，含在嘴里怕化了，捧在手里怕摔了，生怕凉风吹动了头上的簪花，祈愿她能平安活到龟鹤之年，于是起名千代，寸草亲心可见于此。

旃檀出叶就芬芳[①]，千代慢慢度过幼年时光，终于出落成亭亭玉立的少女，人们都开始夸耀这绝色风姿了。玲珑少女的

①日本古谚语，意为优秀人物从小便与众不同。

面容宛若蒙着烟雨的灿烂春山，又如同透过叶隙望见的月亮，朦胧溶溶，越发可爱娇俏。

千代年方十六，高岛田髻[①]上绑着一条娇艳的扎染蝴蝶结，就像花园里萌动的芳草，再不能掩饰蓬勃的春色了。中村家的千金，没有人不晓得她的芳名，美人也是烦恼。

习惯是有趣的事情，曾几何时趁着北风放风筝，总是嫌电线杆碍事。虽说这是过去的事情，但如今良之助和千代见面时，改变的是发型和身姿，没变的还是往昔摆偶人的童心。二人都没有意识到年岁的增长，你叫我千代妹妹，我喊你阿良哥哥，毫不避讳地说说笑笑。有时候甚至拌嘴打趣，一个说“你别来了”，一个回“谁愿意来啊”，你一句我一句。结果两日不见，千代就过去道歉：“昨天是我不对。以后再也不会那么任性了，我们还跟以前那么好吧。”温柔的歉意好比是融化春冰的暖风。良之助马上说：“不是，是我的不对。”两个人再次重归于好。

要是自己也有妹妹的话，应该也是这般可人吧。千代笑意盈盈地拉住他的袖子说：“阿良哥哥，昨晚我做了一个美梦。梦到你从学校毕业了，不知道做的什么工作，头上戴着一顶高高的帽子，坐着漆黑的马车要到一栋西洋屋子里去呢。不过啊人

①多见于日本江户时期的未婚妙龄女性、艺伎或游女之中，十六岁之后改发型梳髻，一直流传到现代。

们都说梦是反的，你呀，可别被大马车撞到喽。”说完就咯咯地笑起来。

良之助却轻蹙眉头：“你乱说什么啊，今天是周日，你也别出去玩了。”

两个人的言行都与当下流行的教育不太相符，互相对话发自衷肠，都不会顾及身份。这方没有隔阂，那方也无顾虑，别说人世忧虑，二人连一丁点儿委屈都不曾受过，总是舒舒服服过日子。

春寒料峭，刚过二月半时节，二人约好赏梅，恰逢德大寺的祭日。日已黄昏，两人手挽着手，并不觉得冷。

“阿良哥哥，别忘了我们的约定呀。”

“啊，放心吧，忘不了。只是，我们约了什么啊？”

“啊，不会吧，出门的时候刚拜托你的呀。”

“嘿哟，我记起来了，你想看看那个蔬菜店阿七①的活动偶人，是不是？”

“哼，你总骗人。”

“要不然就是，你想看那头从丹波国②活捉来的野生狗熊？”

①日本古代故事中的人物，也是井原西鹤小说《好色五人女》中的角色。蔬菜商店的女儿阿七，因为邻家失火随母亲到寺庙避难而偶遇谷三郎，两人心生爱慕，在阿七回家后依然保持联系，阿七为再见谷三郎放火，未遂，被判纵火罪处死。

②日本古代的令制国之一，大致包含现在京都府中部及兵库县东隅、大阪府高槻市一部分及丰能郡丰能町一部分。

“算了吧，我要回家了。”

“抱歉抱歉，刚刚是逗你玩儿的，中村家小姐千代子交代的事情，怎会这等无聊？良之助一定照办！”

“你够了，我什么都没说！”

“啊呀，生气了，那就难办了，一边走路一边吵架，路人会看笑话的。”

“还不是你，总是胡说八道。”

“所以，我不是跟你赔礼了嘛。你看我们光顾着斗嘴，杂货店都走过了。”

“哎呀，那怎么办呀？前面还有没有啊？”

“天知道还有没有。刚才有个人还说我什么都不要，嗯，那个人在哪儿呢？”

两人吵吵闹闹，走了一路。胡同边上树木繁茂。

“到这儿来。”

良之助一招呼，小千代就踩着木屐啪嗒啪嗒地小跑过去。

抚琴的盲女好似是今世的朝颜，让人不由得联想起净流璃中的一节词，“露未晞兮光照花，可怜微雨稍稍落”，顿生物哀之感。①

“来吃点甜品吗？”招徕客人的声音也像抹了糖水一样甜。

---

①此处指集市的场景以及抚琴的盲女，让人不禁联想起日本净琉璃《朝颜日记》中的盲女朝颜。“露未晞兮光照花，可怜微雨稍稍落”为《朝颜日记》中的一节词。

隔壁摊位卖的是烤盐烧饼，两家还互相竞争，挺有趣的。

“小千代，你看看右边第二棵树。”

“哇，好美的红梅花。”

两个人出神凝视——

“中村小姐。”

冷不防，有人敲了一下后背。哎哟，回头一看，原来是梳着西式发髻的同学们。

“真是友爱呀。”

不知是谁上下嘴唇一碰，话说得这么不留情面。小伙伴们随即跑开，留下发烫的话音在夜风中回旋。

“小千代，那是学校的同学吗？真是没礼貌。”良之助呆呆地望着她们的背影。

千代低下头，不禁赧然。

中

就在昨天，还完全没有意识到这份情思，今日心却为他悸动不已。在幽暗中，我好似被他的气息彻底笼罩想到小小的念头，就会不自觉战栗。我喜欢一个人，却感觉如此羞涩，克制又慌乱。这样说话，会让他笑话吧；那种举止，会令他讨厌吧。

简单的回答都再三斟酌，羞得不敢抬头，铺席上积尘成山，心里的思念也堆成小山。我想你，我想见你，昨天竟毫不顾忌地坦露心思，我是如此浅薄，她不停自责。

不说邻居，也不提阿良哥哥，可是不说真的苦闷。诚如古人所云，那沾满胸襟的泪水，浇灭了似要燃烧起来的身体。[①]她整晚辗转反侧，直至心神俱疲浅浅地入睡时，也会梦到梦里那人的面影。只见那人温柔地轻抚玉背："你在想些什么？"

"还不是因为你？"这样的话到嘴边了却又咽了回去。

"你这样瞒着我，是不是太见外了？我想你八成是喜欢上某个我不认识的人吧。我真艳羡他。"良之助带点恨意地说。

"如果我心里的人是别人，那么我会为谁消得这般憔悴呢？喏。"说罢，就悄悄地伸出手。

良之助和颜悦色地问："那个人是谁啊？"

刚要答话，晨钟声声传到枕畔，分外清醒。日有所思夜有所梦，长恨鸡鸣别时苦。[②]可怜美梦惊醒的那刻心境，就像是男女重衾之欢后的晨起分别。

"早晨怎么回事，脸色不大好。"毫不知情的母亲上前询问。

千代脸上红一阵阴一阵，心里烦闷忧愁。白天无聊，她

---

①援引自《古今和歌集·恋二·纪贯之》："思恋君兮遂多泪。倘非泪多浇胸前。唐衣为燃兮色转异。"古代日本人崇唐风盛，衣饰器物名称每冠以"唐"字，以示良质。

②语出《古今六帖·第五·藤原嗣》："恋兮恋兮难相会，夜何其短恨鸡鸣，催人别离分总无奈。"

借针线活儿来排遣郁积，将烦乱的心绪一针一线缝好。现在什么都不要去想，要是被人知道了心里的爱恋，那肯定会羞死人的，就再也无颜见他了。他肯定是把我当作小妹妹，才那样亲切地关爱我。要说那个与他白首同心的人，则另当别论了。要想成为他的妻子，必定色艺双绝，才情容貌都非常人能及，连我尚且这么以为，他本人又当如何思量呢。我一定不能好高骛远，打破了这些年的交情，那样才是十分可悲呢。我不想那么多了，摒除杂念，就把他当作哥哥一样亲切地相处吧。这样才不会招人讨厌，他也能跟我说些温热的话。

可怜的千代一面告诉自己要死心断念，一面流下不听话的泪水。

多情的心就像那纷乱的丝线，缠好又弹了回来。都怪他平时那么疼我，假若他对我不好，也不至于到这个地步。无法忘却的单恋，是我的罪过还是别人的错误呢？越想越意乱情迷。听到他的声音就心生烦恼，看见他的模样就不舒服，只因听到见到也不过是徒增烦恼罢了，我更加无所适从。不管怎么说，如果真发生什么事让他生气，从此不再进我家门了，我就再也不要去他们家拜访了。

虽然想起来就心痛，但是一旦我们发展到水火不相容的境地，我也就淡定了。好了，从今天开始不再见他，不再跟他说话，要是他生气了那正合我意。她一个人正钻牛角尖，但刚下定的决心立刻就松动了，只因隔壁传来了那个人的声音。

我到底在想着什么呀?

我心里只有良之助，我一直想着他，除了他以外再也看不见任何人，可是他的眼睛里什么都没有。我爱的人根本不知道这世上有人爱着他，他全然不知，也就不能明白我的忧愁。对这个愚钝木讷的男人，我又能说什么呢?未来的事情一点儿眉目都没有，自己却害成了这多愁多病，春天还有多远?不用说花儿了，就是墙根底下的青草也蠢蠢欲动着要萌芽呢。

下

“小千代，今天好点儿了吗？”

良之助推开双门的屏风，坐到她枕边。可自己此刻容颜憔悴狼狈，感到羞愧难当，她想坐起身，但双手一点儿力气都没有。

“你快躺好，病了就别拘什么礼节了。你要是想稍微坐起来，那就靠着我吧。”

正准备抱起千代，不料她早已端容正坐。

“阿良哥哥，你们学校是不是在考试啊？”

“嗯，是的。”

“那你还到我这里来，能行吗？”

“你不必担心这些，想这么多对你的病不好。”

“但是，但是，我过意不去。”

“什么对得起对不起的。与其成天想这些，还不如快点儿好起来呢。”

“谢谢你对我这么好，但是这次我怕是不能痊愈了。”

“你又在说傻话了。如果你总是这么消沉，病什么时候也好不了。你在这儿说这些丧气话，却不知你爸妈有多担心。这可真不像乖巧的你啊。”

“可是，就是好不了了嘛。”千代不知所云，睫毛上忽闪着晶莹的泪珠儿。

“别说傻话了。”

良之助安慰着她，但也知道她病得厉害，掰着手指头过日子。她一日比一日消瘦，只有一个酒窝的脸颊也凹陷下去，白皙得几乎透明。几缕青丝散落，却没有光泽。

谁见了这个样子，都会感到揪心和慌乱。薄薄的衣衫上系了一条腰带，海州骨碎补花纹也如凋谢一般，这模样还能见多久呢？这些年来天天在一起嬉笑玩闹，怎么就一点儿也不懂她的心啊。她小小的灵魂里什么时候装下了相思呀？昨天日暮时分，听阿福流着热泪说，她发着高烧，嘴里一直喊着我的名字，难怪说生病是由于我的缘故呢。我真恨自己愚笨，也恨她的沉默。

清早去探望她的时候，她从清瘦的手指上褪下一枚戒指，勉强挤出一丝笑容："这个给你做个念想吧。"

要是能早点儿能明白她的心意，就不至于让她变得这么憔悴。唉，都是我不好！良之助自责不已。

"阿良哥哥，早上给你的戒指呢？"她的声音细若游丝。

良之助想要回答她，但胸口发闷，什么都没说出口，只好无声地伸出左手。

千代把他的左手拉过去，仔仔细细端详着。

"一看到它就想起我吧。"她话音未落，泪珠簌簌落下，接着就俯在枕头上了。

"小千代，你是不是很难受啊？阿福，快把药拿过来！你怎么了？脸色这么差。伯母，快点儿过来。"

正在隔壁房间祈祷的母亲被良之助的喊叫声吓到了，在厨房洗洗涮涮的阿福也惊恐地跑到枕边来。

千代睁开眼睛问："阿良哥哥呢？"

"阿良就在你的枕边啊。你看，喏，看你右边。"

"妈，您让阿良回去吧。"

"为什么？我在这里不合适吗？喏，我在这儿也没事的吧。"

"阿福，你告诉阿良哥哥，请他走吧。"

“小姐，您这是在说什么啊，您不是一直在等阿良少爷吗？怎么突然间又……要是觉得不舒服就喝点儿药吧。你要找妈妈吗？妈妈就在后面啊。”

“我在这儿啊，小千，妈妈在这里。我知道了，已经派人去叫爸爸了。你要振作一点儿啊！来，把药一口喝了。什么，胸口难受吗？哎呀，怎么这么多汗呀。阿福，快点儿叫医生！”

“他爸，你别干站着啊。你过来帮点儿忙啊。”

“阿良，你把毛巾给我。什么，不好意思？还是要请阿良回去吗？那么，阿良，你还是走吧。”

母亲悲呼着，几欲发狂。女儿的话音一句比一句细微，她脸上渐渐地没了血色。生命无常，也许就在今夜，就要和千代永别了。看着面色发青，生命如露就在今夜了。良之助不忍离开，可又不愿让千代在弥留之际惦念担忧，只得退到屏风后两三步的地方。

“阿良哥哥。”千代气若游丝。

“什么？”良之助回头。

“明天，我再跟你说对不起。”

小院无风，檐上落樱飘摇。夕阳的余晖中，晚钟响起。

废　纸

晾晒旧物，闻到一股发霉的味道，在很多废纸中找到几本哥哥留下的笔记，非常详尽地记录着自己的心绪。

这是那年夏天，也就是他脑部发病前一个月的事情，寒霜满地的冬夜，哥哥每晚都会去父母卧室问安，在他检查门窗是否关好的时候，母亲吩咐道：“今夜风寒，早些休息吧，以免感冒。”

“我知道了。”

近些日子日头不好，东西都有点霉味。我将衣服和旧书旧本拿出来晾晒，偶然看到庚午年新春吉书[①]的书法，潦草的笔迹让人既害羞又怀念。

那是发生在十岁那年的故事。

①新年第一次握笔写画的仪式，通常在一月二日举行，也被称为吉书、试笔、初砚等。

我摊开初次习作的和歌纸稿，纸背上详细地书写着几首和歌，并记录下从哪年哪月到哪月为止的。手里拿着父亲的物品，油然而生怀恋悲痛的情愫，怀抱和歌的父亲永远不在了。

世间无常，让人敬畏。如今也没有人要我作和歌，事到如今就算吟咏拙劣的和歌，他能听到也好啊。不久将所写的东西供奉在佛像面前，就算路途遥远，也应该敬父母。

在父亲去世前的一个月，某位伯爵筹划歌会，他预先设定好和歌的主题。我们诗社也出来参加，听闻各家各社的和歌大家欲一展身手，裁判是事先定好的朝野名士，层层选拔，明争暗斗，这风流风雅的风俗，虽说可能会被人笑话，但也是有趣好玩。

我在父亲病床前侍奉、端茶揉肩的时候，匆忙间草草一读，没有用心写作，不久父亲积劳成疾驾鹤西去。不知不觉间忘记了编辑和歌，事情处置妥当后也是三七日了，老师得知消息送来一张信笺，上面有某位老师题写的“甲”字。有松绞染①制成的纸张，质地十分轻薄。幼小的我无比开心，遂拿

①日本传统绞染工艺的重要代表，因十七世纪迁居至名古屋有松町的竹田庄九郎等人创造出绞染的染色法而得名，后发展成当地人谋生的主要手段，成为昔日东海道沿线的名特产品。

给母亲过目，妹妹们也非常高兴。某位父亲的诗友伯父有事来访，说道：“可悲，要是早一个月也会让病中之人高兴吧？可惜呀，不过是事后的惊喜而已。”

实际上不仅如此，以后若是有一丁点儿好事发生，谁也会高兴的。我不禁悲情暗生，再不愿拿起毛笔。

空　蝉

第一

连三叠[1]大小的玄关算在内共是五间房屋，虽说有些紧凑，好在南北通透，庭院宽阔敞亮，各色小树茂盛青绿，是消夏的好居所。而且此处毗邻植物园和小石川，更显静谧清幽，除去交通有些不便之外，真是无可挑剔的出租房屋。门前柱子的小木牌大概是三个月之前挂上去的，至今还没租户敲定下来。没有主人的门前柳丝来回摇荡，摇曳依依，这户人家和美雅静，一天中总有两三个人前来看房。

“押金是三个月房租，房租在三十天之内付清，一共七元五十钱。”

①日式房间里表示面积大小的单位，一叠为一个榻榻米大小，约 1.62 平方米。在日本，标准的房间就是六叠和四叠半。

这也是下町[1]地区的市价，可是没有客人折返回来。不久，某日清早来了个约莫四十岁的男人，身上穿一件稍显褪色的纺纱浴衣[2]，慌慌张张地来到中介这里。

“想看看这个房子。”男人说。

中介陪同男人四处参观，连橱柜的数量都详细介绍。无意中听到他说：“既然四周安静清爽，今天我们就租下，租金马上送到。傍晚搬家，的确有些仓促，希望您抓紧清扫清扫吧。”

谈判轻轻松松完成。

“您是做哪一行的？”中介问道。

“嗯，并没有什么特殊的。”回答极其暧昧模糊。

“住几个人呢？”中介又问。

“怎么也有四五个人吧，也许会有七八个人。总之家里乱七八糟，我也没数。”

真奇怪，傍晚时分刚刚打扫完毕，租客们便同坐一辆车篷严严实实的大马车搬过来了，马车径直开进敞开的大门停在玄关。这家的主人到底是男是女没法看清楚。其中有个三十岁左右的机灵的女佣，还有一个十八九岁的病美人，全身上下没有一丝血色，近乎透明的苍白脸蛋，看着叫人心酸。此时过来一

①日语词汇，市区中的低洼地段，也指与居住区相对的工商业地区，与高级住宅区相对的平民住宅区。

②棉布的和服单衣，夏季或入浴后穿着。

个好事之人，对中介说：“不知道这人是方才那个慌张男人的妻子，还是妹妹呢？”

行李刚用大板车送到，就给左邻右舍分发了礼物，但搬家也没有搬家的样子，整个房子静得出奇。家里成员有慌张男、女佣，还有个胖胖的煮饭婆子。入夜后又有两个人乘洋车赶来，其中一个六十岁上下的男人，是位风度翩翩的落发老人；另一位看年龄应该是他的太太，梳着非常小巧的圆髻①。

病人一到，用人们麻利地在里屋铺好坐垫，为了让枕着睡时更舒服些，特意放上扎口枕头②。二位老人整夜静静地守在枕边，这姑娘的睡颜看起来跟两位老人有几分相似，或许是姑娘的双亲吧。慌张男和女佣们都尊称他们老爷和夫人。“嗯嗯。”二位老人点头回应，又喊着“太吉，太吉”，使唤着那个慌张男。

翌日早上微风凉爽，又有一人坐车赶到。这个人年纪三十左右，看起来为人还不错，捻线绸③单衣上绑着白色泡泡纱腰带，鼻子下面留着一撮儿小胡须，身材圆胖，一对照看到写有“川村太吉”的小字条，嚷嚷着“就是这儿”从车上

---

①日本女子传统发型之一，梳成椭圆形略带平髻的发型，为已婚妇女的典型发型，随着年龄的增长，髻越梳越小。

②充入荞麦皮、稻壳等，两头扎紧的枕头。

③用手纺绸丝和双宫丝织成的丝织品，丝上多结，成品粗糙、少光泽，但有丝的独特内在美，且结实耐磨，用作衣料与和服腰带料等。有大岛捻线绸、结城茧绸等。

下来。

“哎呀，番町的大少爷。”小阿三赶忙把围裙解开，急忙飞奔出去。

“哎，快进来快进来。你来得真早啊，我就知道你会早点儿过来的。昨天大家还在大塚那里呢，无奈小姐怎么都待不下去，总是嚷嚷着‘去哪里啊、去哪里啊’。没办法啊，不过总算找到了一个这样的地方。我带你四下看看吧，院子还挺宽敞呢，而且此处僻静对心情也好。嗯嗯，昨天睡得特别好，今天早上又有一点儿，一点儿点儿变化。不啰唆了，欢迎前来参观。”阿三在前面引路。

男人心事重重地捻了捻胡须，往里面的屋子走去。

第二

心情爽朗的时候，小姐就像三岁婴孩一样趴在父母膝盖上睡觉。偶尔还会拿出一张白纸，认真地做起新娘娃娃[①]来。要是有人问话，就笑嘻嘻地应着“是是”，十分温顺可人。可就像晴朗平静的天空中猛然刮起一阵疾风猛烈摇动树枝般，小姐

---

①纸质女偶人，身着用千代纸做的衣服，头饰用皱纹纸做的发髻。

常会无故生气发飙，不管爸爸妈妈还是哥哥，无论谁怎么恳求，她都不肯露面，就独自躲在暗处偷偷哭泣，呜呜咽咽的声音真是催人心肝。

“我不好，请原谅我，原谅我。”她重复着几句话，就像真的在跟面前的什么人道歉似的接着说，“我这就去我这就去，我也去，我跟你走。”

白天趁护士不注意她偷偷跑到外面去也有两三次了。大家都忧心忡忡，水井仔细压好盖子，而且千万不能让她瞧见刀具剪刀什么的利物。伺候这个病人也是危险，单凭一个人可拦不住这个看似孱弱的姑娘，她气势汹汹地想要跑出去的时候，怕是两个壮汉在跟前也难以控制住她。

主宅在三番町某处，人们看见门牌就会对主家的身份心领神会。现在也没有跟人说过，害怕外人议论所以住院之事也作罢，而且跟医生关系不错，也能请到家中为小姐看病，因此这个家里借用太吉的名义以便能让小姐安心调养。有时候小姐在一个地方住上超过一个月的时间，对所见之物便会厌烦透顶，慢慢导致病情加重，看起来十分恐怖。

大少爷是养子，女儿又是家中独女，可以想象到父母该是多么悲愤。听说这家小姐卧病在床时恰好是樱花灿烂的春天，自此之后父母日夜不曾合眼地照顾女儿。两个老人年事已高步履蹒跚，看起来力不从心。有时她突然病中坐起，大喊道：“我再也不回去了。”就算是眼看她跑出去，两位老人也只能叫嚷着“哎呀你看这是怎么了？太吉太吉”。除此之外便无能为力，真是可悲又可怜。

小姐昨夜好梦，今早睁开眼睛，看见屋里一枝不知是谁摘来的鲜花。于是洗脸梳头，找出一件中意的和服、一根绯红绉绸[①] 的友仙腰带，也不要别人帮忙穿戴。乍看见她系腰带的灵巧模样，谁能想到如此俏丽的姑娘竟会是病人。父母见这模样，眼泪已打温了衣襟，在一旁伺候的婆子端来米粥，问道：“小姐吃吗？”

“不要不要。”她摆摆头，有气无力地靠向母亲的双膝。

“今天我就满师了吗？回去的事还没有定下来吗？”她向母亲询问。

“说是满师了，你准备去哪里呢？这不就是你的家吗？除此之外也没有地方可去，不是吗？不要说些莫名其妙的话了！”母亲呵斥道。

“但是，母亲，我还是想去一个地方。啊，接我的车子来了。”

顺着她手指的方向看去，房檐下的细叶冬青上挂着一张巨大的蜘蛛网，沐浴着清晨的阳光，金光闪闪。

母亲痛心疾首，问丈夫：“天啊，她有跟你说过这种话吗？”

---

①纵向不捻、横向捻紧的生丝经平织、洗练而产生褶皱的丝织品。

面对丈夫，她心中产生一种不祥的预感。

小姐忽然垂头丧气，像是突然想起来什么似的，自言自语道：“前年我们一起赏花的时候呀，学校的庭院真美丽啊。”她脸上挂着开心的笑容。

“那时候你给我的小花，现在还夹在书里呢，可惜这可爱的花朵早已枯萎了。从那天之后我们是不是就没再见过面啊？你为什么不来见我啊？你为什么不回来呀？我是不是这一生再也见不到你了？那都是我的错，一定是我不好。还有哥哥，哥哥，唉，我谁都对不起，我错了我错了，请原谅我吧，原谅我吧！”

她抱紧胸口，看起来万分悲痛。

“雪子，不要胡思乱想那么多没用的事情。那就是你生病的原因，学校也好花也好，都是不存在的东西。哥哥不是也在这儿吗？你好像是看到什么东西才生病的，快些变回到以前的雪子吧，好吗？振作一点儿吧！”母亲抚摸着女儿的后背，雪子趴在母亲的膝盖上低声啜泣。

第三

“听说番町的大少爷来了。小雪，哥哥过来探望了。”

话音刚落，她竟把脸一横，连看也不看，毫无礼数。

对这本来应该生气的事情，做哥哥的却说："啊啊，随她去吧，别再招惹她就是。"

大少爷接过一张继母递过来的皮垫子，坐在离枕头稍远的背风位置，隔着柱子面向漠然的父亲，偶尔只言片语地交谈着。

番町的大老爷看起来寡言少语，有时候像突然想起来什么似的，啪嗒啪嗒地扇着扇子，弹弹烟灰又点上火，手里就这么端着烟杆，一直斜楞着眼睛看着雪子。"真是为难啊。"总是这句话。

"要是早知道会这样，应该尽早想办法。闹到如今这个地步，八匹马也拉不回来，植村也是可怜。"说完低下头，叹息了几声。

"说真的，身为母亲，我却太不懂世故人情，导致万事毫无章法。但首先还是我们的女儿气量太小。"

"不是，也是因为植村心地狭隘，才会落到这步田地啊。我们二人实在是没脸见那边的人，可是也可怜可怜小雪吧，如今这副样子还顾念着他们那边的义理，真是太可怜了。"

"他多少也是受过教育，发狂这件事的的确确是丢人啊，也会令我们家族蒙羞，难道不是可恶的家伙吗？顾念一下实情吧，事到如今小雪也紧紧维护着自己的贞节，可怜可怜她吧。

那孩子打小就有些愚钝，但万万想不到竟会发生这种事，真是太遗憾了！亲生父母这样说或许很愚蠢——这病好也好不了，死也不能死。这两天净说些晦气话，死期将近不要自寻烦恼了啊，有什么东西来大塚的家里接我了，各种胡说八道，引得家中里里外外乱作一团。”大少爷接着说，“母亲甚至见了一个所谓的算卦先生。虽然说出来有些傻气，卜卦的人说预兆着一个月之内就有血光之灾。我听到这些心里不怎么舒服，她更是越发不厌烦，好啦，搬家好啦，所以派人寻到这个地方。估计这儿也不能久待，雪子每天都把“死了呀”“去死”挂在嘴边，看起来一点儿人气也没有，有时甚至一周都滴水未进。如果一直这样下去，身体怎么吃得消。”

大家各抒己见。不管怎么说都是因为这个病，如今谁说话都不管用，的确是束手无策。医生还是找之前的安田大夫吧，怕委托给一般人的话，她任性起来就没完没了。我也不太同意去医院。这样该如何是好啊，母亲天天照顾病人也会吃不消，我也分身乏术。自不用说，医院跟家里不同，肯定会觉得拘束。万一她又突然跑出去，别说我不在，太吉和小苍两个人的力量加起来怕是也拦不住。再说还要担心她投井，虽说有井盖，可要是跑到大街上去就真的难办了。考虑到这些，再让她住院岂不是太可怜了？大家思来想去难以达成一致。

“你要是有好主意，请说来听听。”

父亲一圈一圈摩挲着光溜溜的脑袋，看样子也不知所措，只能“啊啊”几声。在座的人也不说话，偶尔发出叹息声。

女儿还在方才的伤心中没有恢复过来，依然很憔悴，软软地趴在母亲的双膝上睡着了。

“小仓，小仓。”母亲叫来女佣，一起将雪子抱上郡内蒲团[①]，她睡得昏昏沉沉早已入梦。哥哥朝母亲蹭了几步，注视着妹妹。她一头浓密乌黑的头发胡乱地绑在一起，银杏卷发髻[②]变得松松垮垮，有散落的几缕头发被随意折卷几下塞进了发髻里。四肢横陈，那体态很不雅观，一双幽灵般惨白的手臂交叠着伸出在枕头下面，浴衣下胸脯微露，绯红绉绸腰带滑落下来，更显得姿态娇艳，楚楚可怜。

枕头旁安放着一张书桌，雪子偶尔会喊着“研磨研磨”，就像在学校那样偶尔读读书，由着自己的性子写写画画。哥哥无意中从纸堆里拿出一张纸稿，只见上面的字迹怪异毫无章法，正是雪子的笔迹。正感叹时，几个词语鲜明清晰地映入眼中，“村”“郎”——天啊！植村录郎、植村录郎。哥哥不忍卒读，无言地把纸稿搁在一旁。

---

①日本山梨县郡内出产的坐垫。

②日本女子发髻的一种，把束起的头发分开，做成两个圆圈，形状像银杏叶子，江户时代后期在民间流行。

第四

今日赋闲，哥哥终日留在这里，他替看护妇取来冰水给雪子冷敷额头。

“多少也让我做点儿事情吧。”说罢，他伸出粗糙的手。

“实在不好意思，怕把您的衣服浸湿。”

“没关系，先看我做做吧。”哥哥打开冰袋口，挤水的手势很不熟练。

“雪子，知道吗？哥哥给你敷敷额头。”哥哥如母亲般关怀着妹妹，直觉她好像什么都不懂的样子，睁着大眼睛无神眺望天空。

“看啊，蝴蝶蝴蝶，那只蝴蝶多么漂亮啊。”雪子刚一开口，又说，“不要杀它！哥哥哥哥。”接着开始。

“啊，怎么了啊？没有蝴蝶啊，什么都没有啊。哥哥就在这里，蝴蝶没有死，放心吧。喏，看见了吧？看见了吗？是哥哥啊，我是正雄啊。你重新振作起来，清醒一些，让爸爸妈妈放心呀。你听我说——你知道吗？自从你生病以来，爸妈没睡过一个安稳觉，他们十分辛劳，憔悴了不少，体谅体谅他们吧。孝顺懂事的你为什么不明白呢？你是个明白事理的姑娘啊，希望你能静下心来好好考虑考虑，植村的事情已成过去。你诚心祭拜，亲手上供香花，他也能够瞑目了。而且他不是也留下遗书了吗？他希望能清清白白地同这个世界了断。还有你，也下定决心了断，绝对不会有半点儿留恋。可你呢，成天张皇失措，让父母整日唉声叹气，不是不懂事吗。你对那件事的处理方法也许无情了些，但他绝不会恨你，他是个懂得事理的男人，对吧？他在学校名列前茅，你不是也常夸奖他吗？这样的人绝对不会怀着恨你的心去死，不会那样的。他怨恨的是人世无情，人们也都了解，遗书里也写得明明白白吗？你仔细想想，好好振作起来，之后的事情就看你自己了，随心所欲地过日子也无妨。不要忘记你还有父母！想想为了你的事，父母叹了多少气。你要打起精神来呀，好吗？你要想通了，从今天、从现在开始改变不好吗？不用看医生，不用吃药，下定决心改变吧，好吗？小雪，你明白了吗？”正雄说。

雪子只是点点头，说了句“嗯嗯”。

女佣们已经退下，身边只剩下父母和正雄，刚刚说的事情雪子不知道是明白了还是没明白，只是小声地反复喊着“哥哥”。

“怎么啦，什么事？”正雄把冰袋拿到雪子身边。

“扶我起来吧。”

“怎么啦？是身体不舒服吗？”哥哥问。

说起来那次她突然生气跑出家门，被一个彪形大汉捉住，她使出浑身力气挣扎脱身，身上到处都是新伤，想必很痛吧。可她要是能感觉到疼痛，父母也会觉得有盼头。

“是谁在抱着你啊？知道吧？”母亲问她。

话音未落，雪子便说：“不是哥哥吗？”

头脑清醒，看来没有大碍。

“刚刚跟你说过的话也都记得吧？”哥哥说。

“我知道，花儿盛开了。”马上又驴唇不对马嘴。

大家面面相觑，悲戚不已。

片刻，雪子变得奄奄一息，幽幽地说：“拜托，我有一事相求。请不要跟我说那样的事了，你再说，我也没有回应。”雪子说出一句这样的话。

“这是怎么啦？”母亲探出头。

“天啊，植村先生植村先生，你到底去哪儿啦？”雪子猛地起身，正雄还一脸愕然时，雪子擦过他的膝盖向着柱子跑了过去。大家顿时乱作一团，太吉他们从厨房那边飞奔过来。雪子却突然停下，一骨碌坐到檐廊处的柱子下面。

“请原谅我，我错了，从一开始我就错了，你没有错，是我，是我！对不起就是错了，哥哥说得对。”雪子抽抽搭搭，话语断断续续的，听不清楚。风声透过半卷的竹帘，斜晖显得越发冷清。

第五

今天昨天大前天，三个月前甚至更久以前，雪子来回反复，再也没有说过其他话了。嘴里不停地念叨着植村的名字，以及“宽恕我吧”之类的话。“学校”“信”“我有罪”“我随你去”“我爱你”，诸如此类的词语被她反复念叨，总是语无伦次。她的灵魂仿佛从身体悄然离开了。人们对她说话，她从来不会仔细听，也不作分辨。开心大笑时应该是梦着天真的过往；把双臂紧紧抱在胸前就是苦闷无法排遣，伤心往事再次浮现。

“可怜啊。”太吉、小仓都怜悯小姐，就连没心没肺的阿三也丝毫没有说过小姐半句不是。当年，她身穿黄色八丈绢[①] 的长袖学生外褂，发髻高高束起，别着一根樱花色发簪。深深浅浅的长衫，扁扁的银簪衬得更显清淡纯洁。唉，这副学生模样依稀还在眼前呢，小姐什么时候才能像从前那样呢？”阿三不安地叹息道。

“植村先生也是个好人哪。”小仓说。

---

①带有茶色、棕色的黄底格纹丝绸，原产地为日本伊豆八丈岛。

“哪儿的话，那个皮肤黑黑粗俗无礼的家伙，虽说很有学问，但是跟咱家小姐也门不当户不对啊。我一点儿都不欣赏他。”阿三抗议。

“那是因为你不了解他，才说那么憎恶的话。要是交往三天你准会跟在植村先生后面，甚至还想跟去三途川[①] 那里呢。”

“我并不是在说番町大公子的坏话，植村先生跟他脾气秉性不同，是个无法用语言形容的大好人。连我听到植村先生的经历时，也会觉得他太悲惨了而忍不住落下眼泪。小姐变成现在这副模样难道不是愁苦导致的吗？要是两个人能结为夫妇，也就没有后面这么多事了，而且也会更加谨言慎行。虽然这样说那个亲切善良的人不太好，但要是没有少爷的话，也就不用担心小姐会生病了。”

“照你这么说，要是没有植村少爷岂不是天下太平？唉，人世多烦忧啊。虽然所有事情都能说出来，却没有对策。”小仓为不能随心如愿感到难过。

有公务在身，正雄不能日日前来探望，有时三天一次，有时两天一次，夜里乘车穿梭于细细的柳丝之下。雪子有时会高高兴兴地出门迎接，有时候会哭哭啼啼地送别，有时就像孩童般趴在正雄膝盖上浅眠，有时不管谁来伺候也不拿起筷子。

---

①冥界的河名，又称葬头河、渡河、三濑河等，是传说中生界与死界的分界线。因为水流会根据死者生前的行为而分成缓慢、普通和急速三种，故被称为“三途”。

被正雄训斥“太任性了”后，她也会跟大家一同用膳喝点儿稀粥。

“能好起来吗？”

“会好的。”

“今天就好起来。”

“今天就会好的。我要是病好了，就给哥哥缝一件和服，缝衣服。”

“那真是诚惶诚恐。请早点儿好起来为我缝制衣服。”正雄说。

“要是这样的话，可以叫植村少爷过来吗？可以让我见见他吗？啊，让我见见他吧，叫他来吧！”

“早些好起来，让爸妈放心，可以吗？”正雄说。

“嗯，明天我就会好的。”雪子毫不忌惮地说。

准确来说，指望她痊愈应该无望。第二天没到傍晚，一辆车子飞奔而来。雪子忽然性情大变，无论对她说什么，她都说不要不行，还说不想看见大家的脸，不论父母兄弟女佣仆人都不能接近。

“不知道不知道，我什么都不知道。”雪子一个劲儿地抽泣。家里好像是广阔的原野，她的悲伤无法排遣，泪水则像泉水般汩汩涌出。

转眼间进入八月中旬，暑气蒸腾，雪子的疯病越发厉害，甚至分不清人和物，哭泣的声音昼夜不绝。她平日里几乎不睡觉，塌陷的双眼看起来十分骇人。最后连这世上的人竟都不记得了，看护的人也疲倦了，雪子的身体日渐衰微。听说昨天她又说看见了植村。今天又说也看见了植村，但总是隔河[①]对望，雾气弥漫烟气朦胧，脱口而出一句明天再见之后，就再也不说话了。

雪子什么时候才能恢复正常呢？父母盼得心焦，一天两天地苦苦挨着……此时的她，宛若空蝉[②]，留给亲人一丝勉强的慰藉，门前细细柳丝，不愿与秋天相逢啊。

---

①指前文提及的三途川。

②原指蝉蜕变之后留下的空壳，后来被佛家引申为“肉身”之意。

里　紫

日暮时分，邮递员来到店前送来一封女人写的书信。阿律将信件拿进小暖炉间，顶着昏暗的灯光读过后，将信纸折了几次后掖进腰带。其实日常生活中稍稍留心，就会发觉此事不同寻常。不过阿律却神色自然，大好人丈夫问道：“什么事情？”

“嗯，没什么大事，就是仲町的姐姐似乎有什么烦心事，问我是否方便过去看看她。因为她那个爱掰理的老公从不让她出门留宿，特别烦人，所以麻烦我跟老公你请个假。‘要是太晚了，就会送你回家。拜托了，你能过来吗？我等你。’信上这么说的。”

“她又闹别扭呢，这小气鬼别人说什么都没用，真叫人担心。她的性子真是让人费心啊。”阿律故意高声大笑，说给丈夫听。

“哎呀，也是可怜啊。”丈夫皱起眉头。

“你就这么一个姐姐，还是过去跟她讲明事理为好，千万不能一笑了之不理不睬的。你过去看看情况，商量商量。女人本来就气量小，让她等待一个时辰就跟等了十年那样。要是她误会是我让你不得不耽搁的，再心生怨恨就更得不偿失了。晚上也没什么重要的事情，早些过去听她讲讲缘由比较妥当。”

既然是爱妻姐姐的事情，丈夫不好意思不答应。其实阿律高兴得几乎要跳起来，却故意隐藏着兴奋的神色。

“还是不去了吧。”她在衣柜旁摆摆手。

“别口是心非了，快去吧。不知道那边正怎么盼着你呢。”菩萨般慈悲善良的丈夫毫不知情，竟着急地催促妻子。

心里的鬼魅似要浮现于脸庞，内心的悸动如波涛汹涌。阿律套上捻丝线织平纹绸的棉袄，在绉绸外褂上再搭配一条高祖头巾[①]，显得身材尤为高挑。夜晚风凉，适合再套一件方袖大衣[②]。

“那我去啦。”她摆弄着门口的低齿木屐。然后伸出食指敲敲小伙计的背，唤道：“太吉太吉。”太吉本来正划船一样打着瞌睡。

“精神一点儿，店里的东西，仔细些，别粗心。我要是回来晚了也没关系，你放下门闩就成。还有，不要一直把脚炉[③]放在榻榻米上烤火。还有还有，厨房用火必须注意！记得给老

①女性用的头巾，四方形呈袖状，遮住头和脸，仅露眼睛。明治时代以后，一般用紫色绉绸和纯白纺绸等布料。

②袖根下不开叉的长方形袖子，多见于男式长和服、外套等。

③暖和手脚的可以搬动的取暖设备，在陶木或木制的器具空间里，放入炭火等热源。

爷的枕头旁放一壶开水，另外烟灰缸也不要忘了，不然不方便。我会尽量早点儿回家。”

说着，在玻璃拉门前摆摆手。

丈夫问她：“不叫车子吗？无论如何也不能走着去啊。”他一直这么体贴。

“虽说是商人的老婆，但出门就坐车也是奢侈，到街角那边叫车可以讨价还价，这点儿算计我是知道的。”妻子娇媚地笑道。

“真会过日子啊。”丈夫满面春风。

阿律特意不看丈夫的脸，走上大街抬头仰望天空，发出一声叹息。这时候，忧愁的面孔又蒙上了一层阴云。

“哪里是什么姐姐写来的信呢？我撒了弥天大谎。”女人喃喃自语，回头望望自己的家。

“装出一副什么都不知道的模样，向老公请假，也真能做得出来啊。世间再没有比我还恶毒的女人了吧。面对那个没有丝毫怀疑我、内心纯良的大好人，我竟用三寸不烂之舌来欺骗，简直不仁不义放荡无耻。这是身为妻子该做的吗？不管怎么说，我就是坏人，我不是人。我的心毫无法规毫无道理，禽兽不如。而对我这个胡作非为的畜生，老公却丝毫不知，依旧无限地宠爱我。只要是我的事情，他哪怕不要命也要为我做，他情比金坚，我实在太过分了。”阿律眼里蓄满泪水。

“嫁给这么爱我的老公，还有什么不满足。我为什么要绞尽脑汁做些刀刃般危险的事情呢？甚至还把那个仲町的好姐姐也牵扯进来，谎话连篇。这双腿该迈向何方？静静想想，我并非无赖，并非胡乱恶搞、背信弃义的人，这究竟是什么不该有的念头啊？”她站在十字路口茫然无助，从横町的街角拐两个弯，就看不见家了，阿律蓦然回首，不禁热泪盈眶。

丈夫名叫小松原东二郎，经营着一家西洋杂货店，家境殷实，资产颇丰，是打着灯笼都难找的好男人。而与他恋爱结婚的妻子阿律，敏捷伶俐，里里外外都是一把好手。眉眼盈盈能让丈夫怒气全消，可爱的小嘴特别会招呼客人。年纪不大却如此聪明伶俐，人们都对她赞誉有加。

可是人们不知道的是，她另有一身旁门左道，不仅自我欺骗，面对温柔的丈夫的一片痴情，她心绪烦乱萦绕纠缠，在路边呆立不动。

“不去了不去了，这次下定决心不去了吧，往日的罪过属于往日。如果我能从现在开始洗心革面，对那个人也并没有那么恋恋不舍，互相之间只是浅淡之交，趁别人不知情还能够洗净污名。就算是为了他的将来，为了自己也好啊。如果被恋情纠缠，永远不会有晴朗的日子。还会令那个可怜的人背负上不义之名。世人若是知道了，会怎么个天翻地覆呢？我姑且不论，恐怕那个人的事业将会付诸东流吧，这样我就满意了？这些烦心事真可怕啊，我的心里到底在想什么？我为什么要跑出来偷偷和人幽会。好吧，就算他寄来千封信，那么我只要不出来，便不会互相伤害。我决定了，回家吧，回家吧……啊，天哪，我已经下定决心了。”她本来改变行程打算转身回家，不巧一阵寒风刮来，将梦一般飘浮不定的想法吹得无影无踪。

“是啊，我就是这样意志薄弱，容易被事情牵着走，刚刚嫁过去的时候，我不是认定了东二郎就是我的丈夫，才嫁过去的吗？不是，即使表面如此，身体虽然去了，心却留在了别处。当初不是下定决心了吗？现在何必用大道理来说服自己呢？如今闹成这个样子，还有什么情分呢？就算是当恶人，就算是做社会不容之事，我都不在乎。不满意就把我抛弃吧，被他休掉就是我一直以来的愿望，把那样的蠢货当作丈夫来侍奉，哼，我的丈夫只有吉冈先生。为什么有情人无法相守？生命有限，只要活着就要见面。对，绝不分手！”

“即便我有丈夫，即便他有妻子，也不能破坏约定，无论别人多么温柔，多么关心我，我的丈夫除了吉岗之外不会有别人。好吧，不要再多想了，不要再想了。”

阿律扯下头巾，往耳后压了压，疾走了五六步，心里面的悸动不知何时已经停止。她心平气和，面色冷峻，嘴角浮现出一丝冰冷的苦笑。

琴 音

第一

日月轮转，岁月流光，迎来百花烂漫的春景，浮世万人似乎都共此美景。但是，仅仅此处的一枝小树枝却在经受风暴摧残，苍天为何如此无情，让无辜的枝叶卷曲靡颓。金吾十四年里历经风吹雨打，苦苦地在世间徘徊，悲惨情状绝非言语可以形容。

金吾四岁那年，母亲离家出走，她不愿留下继续忍受痛苦。娘家亲戚看出他夫家家运倾颓，似乎都为母亲考虑，不停劝解:“怎么将命运交付于一个毫无用处的男人，日后怕是要受尽磨难，即便没有母亲的乳汁，孩子一个人也能长大。”

“我对丈夫本来没有多少留恋，只是记挂可爱的孩子。如果孩子被最亲的人抛弃，我走之后，他一定会悲痛欲绝。”

不过她还是拗不过父母的意见，脆弱的心实在不愿同孩子分离，也知道此后风刀霜剑，毅然决然抛下家庭、孩子以及孩子的父亲。

丈夫有时候会一个人去找她，有时候会抱着孩子一起去，甚至有时会把孩子直接丢在她面前自己走掉。“我知自己无能败落，但希望孩子能出人头地，好歹回来看看吧。”

虽然不长但是也有五年之久，孩子也到了懂事的年纪，父亲不停地祈求，不住地哀叹。俗话说，父母爱子，容易爱得失去理智，做母亲的怎么能忍受思念孩子的煎熬？父亲认为自己诚心谢罪，妻子应该会回心转意，就这样忐忑地等待着。“十五天怎么样？那么二十天呢？今天行吗？明天行吗？”等了又等，岁月徒然流逝，最后，却连见面都不得。她可能当了乳母，或许已嫁作人妻，百年的契约终于成为一纸空文。

半年之后，父亲不再是往日的父亲，那个绝望出走的妻子却被人夸聪明。然而，没有人知道被人抛弃的父子的悲哀。这也是理所当然的事吧。

父亲愁肠百结，内心再没有片刻的晴朗。他开始酗酒，越喝越醉，内心所想越来越黑暗，满腔愤懑积压在胸，却找不到释放的出口。那年寒冬腊月，父子二人几乎没有御寒的冬衣。真是屋漏偏逢连夜雨啊。但只要有父亲在，孩子还觉得有个依靠，哪怕睡在木屋里盖着薄棉被，也能感到一丝父爱的温暖。

转眼间金吾已满十岁，当年某位财主贺岁，家中大摆宴席，一桶桶酒水成列摆开，面对如此琼浆玉液，当然要肆意畅饮一番才过瘾，父亲空腹喝下大量的酒，回家途中醉倒在护城河边的松树荫下，结束了凄惨的一生。

父亲过世后，没有人来认养金吾，也没人安慰照拂。从此，他小小的心里开始装下了仇恨。他羡慕别人父母健在，可自己也是有母亲的，那她现在身在何方又在做些什么呢？他总是会不由得思念母亲。自己目睹了父亲死去的惨状，还担负着渡边家的未来，对此母亲依旧无动于衷，他觉得母亲的所作所为与恶魔无异，满腔怨恨。

“父亲不在了吗？那母亲在做什么呢？”每次被人问到，金吾的眼泪浸湿衣袖的情况也都成为过去了。眼下他只觉得浮世悲惨，人心无情。他感觉人人都在嘲笑自己，人人都面目可憎。难过的念头一旦开始便肆意泛滥，也许无论如何我注定是要历经千辛万苦的吧。他的心渐渐扭曲，神佛都成了敌人。恨，在他的心里纠缠。他渐渐地开始在邪门歪道上动歪心思。

乱糟糟的头发下一双鹰眼直射人心，满脸污垢，这副模样，不管多么好的人，在外人看来还能是好人吗？因此，他总被人指指点点：“这小子真是可怕，令人不快。”他甚至被警察盯上，不论祭典还是庙会，在人山人海中遭受怀疑被盘问，可惜啊，还有人指着他惊叫：“小偷啊、强盗啊。”

坏事传千里。开始有传言说渡边家的金吾是如假包换的强盗，还有犯罪的前科。他感到害怕，曾多少次想远走他乡，难以忍受这无休止的怨恨，也曾想过一了百了，几次三番临水站立：“就这么了却残生吧，让一切结束吧。”其实，活着容易，难的是死亡。

他虽然被世人抛弃却一样担心衣食。他居无定所，所以白天四处找点儿活计，晚上在随意一家旅馆里也能做美梦，成天四处晃晃荡荡，伴随身高不断增长的是那颗扭曲的心。

第二

清风拂古松，泠泠七丝夜宁静，根岸水田[1]中正晾晒晚稻，那附近有处人家，女主人名叫森江静。

“最近我们这儿有个形迹可疑的小乞丐，看起来特别奇怪。”女佣们心有不快，互相咬耳朵。不过无须她们小心提防，墙垣上的柿子树枝可是连个柿子都没少呢。平安无事早已过去一月之久，前些日子的议论不知怎么又开始出现，传到女主人的耳朵里，她也觉得有些微妙。

在一个秋雨淅沥的夜晚，灯火微明，阿静以古琴为友，弹

①日本东京都台东区的地名。

拨着伤感忧郁的曲调。上野[①]的森林传来阵阵钟声，窗外夜色已深。金吾凝神静听，不是沿着房檐流下的雨滴之声，也不是摇动树梢的秋风之声，是琴声，让他第一次感受到了某种难以言说的情绪。

屋檐旁一棵高高的松树。若问是为谁孤守节操，阿静答曰："此道。我愿为指尖弹出的琴音而奉献终生，抱此信念已有数年岁月。"姑娘年方十九，一举一动仿佛弱柳扶风，可一旦轻拢慢捻之时，就再也不理会尘世间的无聊纷争。

那松风来往的琴弦上，是深山公主的玉手吗？梦境和现实彼此交会，渡边微笑着，什么风雨雷电都不予理会，悠悠然然没有杂念。

神无月[②]，霜降大地，红叶上映照月光，仿如谁在砥石上磨刀，天下万物洁白如洗。高楼大厦也好，破屋狗窝也罢，还有草木之间的露水，都像是在无人之境。芦苇枯黄，残叶覆有冷霜，闲寂的古宅小池旁，出水管的滴答声音无比寂寞而孤独。山下的草庵，水田的稻草人，潺湲的小溪，须磨[③]明石[④]松岛[⑤]，全部被白光笼罩，干净的便干净，混浊的便混浊，八

①位于日本东京都台东区西部的地区名。

②阴历十月的别称。

③位于日本兵库县神户市西端濒临大阪湾的地区，《万叶集》《源氏物语》等作品都以此为背景。

④位于日本兵库县南部，濒临明石海峡。

⑤位于日本宫城县仙台湾中部的观光胜地。

面玲珑半点无私。

清澈悠扬的琴声将要飘向何方？听起来是这样美丽典雅，尊贵纯洁，宛如天上仙乐飘飘。阿静的琴声，此时此刻，只为我一个人弹奏。十四年风吹雨打的岁月，金吾扭曲的心灵早已犹如磐石般坚硬。或许这坚硬的心灵终有一天会就像父亲那样遗骨山野。他开始考虑父亲那样自暴自弃的人生的可悲，开始怀念起自己痛恨的母亲，和着月下琴声，这脸上流下的是什么？是泪水，还是露水，抑或是赵王的和氏璧[①]都不换的美玉？透过柴垣飘来的玉音，让他第一次懂得了喜悦和羞耻，他想起了那个被自己憎恶的恶魔般的母亲，越发感到生命的尊贵。菊香明月，拂去了金吾心上的乱云，他暂时忘记了如今身在何方。月光清澈澄明，夜色笼罩下的墙根，有菊香盈袖。吹吧，夜风请把我心里的乌云吹散吧。再次拨响的琴声，请和我成为一世的挚友吧，将我心底的苦闷永远带走。金吾从此就漫步在这百花烂漫的世界吧。

①最早见于中国先秦法家学说著作《韩非子》。《韩非子》载，楚国人卞和在楚山（今中国襄阳南漳县历山）中获得了美丽的玉璧，把它奉献给了厉王。

秋夹衣

今天不知为何，头疼得厉害。再次回首真的像旧梦一场。这缥缈的现世就藏在繁茂新叶的荫翳之中。杜鹃初啼的时分，我取出去年那件陈旧的秋夹衣[①]，我总是这么粗心大意。围墙下散落着一地零落的笋壳，我望见卷叶上的朝露，莫名地难为情。

雨　夜

庭院的芭蕉越发挺拔，围墙上叶子很快便超过五尺高，“今年又将如何呢？也许会一直这么矮吧。”几日前才这么说过。

---

①有里子的和服，初秋至初春时穿。

夏末暑气蒸人，明明还在一天两天三天这样数着日子，忽然间，秋风悠悠拂过，墙边一角更显得虚幻破败，寂寞萧索。

然而，雨夜中水滴的声音才最是哀伤，细密的雨丝淅淅沥沥，繁茂的野草间蟋蟀啾啾，并未被雨滴打乱节奏。一阵凉风飒飒吹过，徒留一片芭蕉叶子摇摇晃晃，那光景令人心酸。

雨，不管何时都是伤感的，何况是秋天的雨，倍增几分神伤。夜里，油灯阴暗冷清，辗转反侧，躺在卧床上无法成眠。于是从小碎花布里取出怀纸，夹带出一个针线包。

年幼时，我曾跟一位伯母学习针线活儿，她对我说："和服衣襟的顶端以及和服大襟的下摆最难做了。"我感到十分为难。伯母又说："要是连这些都学不会，到附近的神社参拜的事情也就作罢吧。"回想起来，恍如隔世。教我东西的人早已作古，那些技艺也早已忘却。如此这般偶尔拿出来比画，手指尖却不听使唤，始终没办法缝好。

要是那个人在，会说什么呢？肯定会埋怨我没用吧。反反复复，越发依恋往事，眼泪不由得落下，沾湿了衣袖。

雨声，就像从远处走来的脚步，噼里啪啦地敲打着近处的板窗，凄凄惨惨。我为苍老的双亲按摩肩膀，碰到他们骨瘦如柴的双手。这样的雨夜真叫人心乱如麻，愁肠百结。

大　雁

天边一弯残月，余梦袅袅，像是在恍惚中神游。

打开雨棚[1]眺望远方，竹林中清风阵阵，拂去了叶子上的朝露，寒意骤生。

此刻，我听到一声雁鸣。孤雁的啼鸣听起来很有秋天的意趣，结伴而飞的雁群更是别有一番风味。

我思念的人在偏远的乡下，日夜等待消息时，听到萧萧雁鸣，心中肯定会很悲凉吧。

朝雾迷蒙中，走在路上，不见人影只闻人声，的确有趣。夜半杳杳的钟声传到枕畔，宛若落在月色皎洁的水田之上，引人遐思梦往。

旅中客床，或是贫苦栖身之所，若是听到此钟磬音声，也会平添几缕深深的忧虑吧。

某年，我曾暂居于下谷[2]附近，由于怕人知道自己是商人，只准备了些日常用品，满足日常生活所需。这时，一轮明月把所有的屋檐都照亮了。

---

①日式房屋为了防风防雨遮光等在门或窗户外层加设的木板门或木板窗。

②位于日本东京都台东区西部的商业区。

对过小楼的二层尽头，仅仅露出一点点月影，真是令人眷恋。我伫立在大街上，心中忐忑。秋高气爽，万里天空没有一丝云彩，这又是一个寂寥的良夜罢了。

屋内聚集着几位歌友，静静地交流着一些生活之外的事情。交谈之际，我忽然间难以自持地伤心。窗外，一声断雁哀鸣，不知这只落单的大雁去向何方。人世，真是寂寞；生命，实在残酷。

孤雁的悲鸣混杂着月下的捣衣声，简直令人不忍卒听。这时，有个兔唇的小孩子，打着拍子从街上跑过，真是无法形容的凄凉啊。

虫之声

小小牵牛花，爬上竹篱笆。

昨日还隐没于草丛间的花朵，今日悄然映入眼帘，初见时不由得产生一种微妙的情愫。

金琵琶[①]金铃子[②]不知何时已高声歌唱，旭日高高升起。蟋

①身体褐黄色的蟋蟀科昆虫，形状如小巧的金色琵琶，鸣声也四声循环，好似弹拨琵琶。日本有谣曲《金琵琶》，内容为有人随金琵琶的声音前往吊唁死去的男子，该男子的亡灵现身起舞。

②通体金黄的蟋蟀科昆虫，鸣声如金属铃子的响声而得名。

蟀的鸣声幽微，在小水沟的边上，在墙壁里面，奄奄一息的样子。而老人和多病之人听到，会感叹再没有比这更加悲伤的吧？

初霜未降，今年的虫子寿命很短，好像不久便要死去。纺织娘[1]唧唧闹闹，听起来朝气蓬勃，但不知何时便会生命衰微。人生一世，草虫一秋而已。

金铃子丁零丁零叫着，清脆动听，似乎是招人忌妒，也像在惋惜生命短暂。松虫同样如此，名不副实，着实奇怪。既然松虫以万古长青的松树来命名，那么即便不能千岁久长，也不至于短短时间内就死去吧。荻花[2]纷纷飘落之时，也就渐渐听不到松虫的声音了。如此热烈短暂的生命啊，即便短暂，也算没有辜负这个名字吧。我很想知道起名的人是谁。

我曾养过一年时间的金铃子，小心呵护不让它们受风吹雨打，那时候卧病在床的哥哥曾说："每夜听到虫声，真是寂寞，终日恹恹。要是没有虫声，可能会容易入睡些吧，快点儿把它们放回草丛中才是。"

当晚我就将金铃子放归草丛。当它的身影消失时，骤觉寒霜侵体，虫声慢慢消失，几近消失的虫鸣声更是让人哀戚。那

①纺织娘科昆虫，体形较大，体色有紫红，淡绿、深绿、枯黄等。雄虫夏秋的夜晚常发生织女试纺车声般的鸣声，因此得名。

②也称胡枝子，多年生草本植物或落叶灌木，日本的秋天七草之一，色缸紫或白。

年岁暮，哥哥走了。

又是一年秋天，我又想起了往事。入夜后，恰好近处的院墙上好像有动静。“不会吧。”我这样思忖着，但也暗暗希冀着一切如心中所想。忽然间，思念的泪水涌上眼眶。“是那只小虫。就算是其他虫子也好，声音外形应该是一样的。如果此刻就这样出来的话，我该怎么办呢？”

“我会紧紧攥住衣袖，死也不放。”妈妈念及落泪，高兴地说，“你父亲一定是变成什么了吧。”我想起了很多奇怪的事情。

那院中的虫子只鸣叫了两个夜晚，之后去哪里了呢？一点儿声音也听不到了。

每当听到松虫的悦耳鸣声，都会忆起少年时的往事，然而在笼中饲养松虫的过往更是想都不敢想。荒野里回响着的衰弱的残音，总让我想起与哥哥的死别。

十三夜

上

平日里回娘家，阿关总是乘坐着高贵的黑漆包车。一听到门外停车的动静，父母便知道是女儿回来了，立马出门相迎。

今夜，她坐着一辆大街上的人力车，悄然来到了家门外。里面照常传来父亲的高声大笑：“我也算是有福之人啊，孩子们一直都懂事孝顺，从来没费过心，大家都夸赞呢。人要知足常乐，真的是别无他求了。哎呀呀，痛快！”他一定是在跟母亲说话。

唉，爸妈完全不知女儿的处境，看他们喜笑颜开的模样，怎能拉下脸求他们同意我离婚呢？肯定会大骂我一顿吧。把儿子太郎丢下不管，自己跑出家门，是我深思熟虑之后的决定，但贸然提出离婚肯定会让爸妈目瞪口呆。一直以来的幸福瞬间幻灭，只剩下悲苦。索性还是什么都别说，就这样回去吧。只要回家，我还是太郎的母亲，好歹也是原田夫人；两位老人还能以自己女婿是奏任[1]为荣，自己节俭一些还能给家里不时送些零嘴零钱什么的。要是由着自己性子非要闹离婚，太郎以后就不得不看继母的脸色过活，两位老人家也要放低骄傲的姿态。人们的议论，弟弟的前途，都可能会因为我的一个念头而改变，尤其是弟弟，势必会失去大好前程。回去吧，还是回去吧，回到我那魔鬼一样恐怖的丈夫身边吧。那个恶鬼一样的丈夫……“啊——不要不要！”她身子颤抖，踉踉跄跄走了两步，咚的一声撞在格子门上。

“谁？”父亲大声嚷了一句，还以为是过路顽童在搞恶作剧。

“呵呵，是我啊。”女儿在外面娇柔一笑，撒娇似的回答，“爸爸，是我啊。”

“啊，谁啊，谁啊？”说着打开了障子。

“哎呀，是阿关啊，你怎么站在这儿啊？这么晚了还出门啊，没有坐车来，也没带个女仆吗？来来，快点儿进来，搞个突然袭击，家里都手忙脚乱了。不用去关格子门啦，我来关就好了。往里面坐，坐到有月光的地方去。快，坐垫子上、垫子上来。这个席子太脏了，早跟房东说了好几次换个新的，但他总推托说工人那边不方便。别犹豫啦，不然和服会脏的。对

①日本旧制官吏任命的一种形式，与敕任相对，是由内阁总理大臣推荐任命的高级官吏。

了，你怎么这么晚自己跑出来了？家里一切都还好吧？”父亲跟往常一样嘘寒问暖。

阿关如坐针毡，父亲那把她当夫人般对待的态度让她非常过意不去。于是咽下泪水说道：

“嗯，大家一切都好。对不起，这么久没过来看望，您和妈妈身体都康健吧？”

“好得很，我连个喷嚏都没打过。你妈有时候倒是闹起妇女病，不过蒙上被子躺上半天就完全没事了，没什么大碍啊。”父亲嘎嘎大笑起来，看起来气色很好。

“怎么没看见亥之啊？今晚又去哪里了啊？那孩子还是那么认真学习吗？”阿关问。

母亲啪嗒啪嗒地端出茶水，接过话茬：“亥之去上夜校了。托你们的福啊，最近他又加薪了，科长也十分器重他，多少也让人松了一口气。说来说去，这还不是跟原田家沾亲带故的原因啊——爸爸一天到晚这样念叨。你不是个糊涂人，今后也要好好服侍原田先生啊。你也知道亥之那孩子天生嘴笨，每次见面也只是草草寒暄几句，其他的客套话就不会说了。你在中间要多通融通融，努力帮大伙儿联络感情，拜托他多关照一下亥之。现在日头不好。太郎还是那么淘吗？今晚怎么没带他一起出来？外公也想他了呢。”

听父母说了这些话，阿关心里百感交集。

“本来说是带他一起过来的，不过那孩子一到晚上早早就困了，就把他留在家里了。他现在是越来越顽皮了，一点儿不懂事，一出门就跑得没影儿，在家里就黏着我，真是太费心了。他为什么这么不乖呢？”这些话让她想起一些难过的事情，伤心的泪水瞬时涨满了她的眼眶，“虽然自己狠下心出了门，但这会儿他该醒了，正哭着找妈妈吧。用人们用饼干点心哄他估计也不管用，可能会牵着他的小手，吓唬他要拿他喂小鬼吃吧。”

一想到太郎可怜兮兮的样子，她就控制不住地想哭，但不想让父母难过所以三缄其口，赶忙拿起烟袋锅狠狠吸了三口烟，咳咳地故意装作咳嗽几声，用袖子擦去了泪珠儿。

“今夜是旧历十三夜①，虽说是旧风俗，妈妈也为了赏月准备了很多江米团子供奉月亮。这些都是你以前最爱吃的东西。本想叫亥之给你带些过去，那孩子却觉得不妥当，还劝我别这么做。八月十五那天没给你，十三夜再去送也不太好。妈心里一直想着能让你吃上团子，想着想着你竟然过来了，真跟做梦似的。莫非真的心诚则灵吗？虽说你在家里想吃多少甜点都能吃得上，但妈妈的味道可是特别的哦。今天晚上抛下原田夫人的身份就当自己还是小姑娘。毛豆啊栗子啊，想吃多少尽情吃。我总是跟你爸叨咕，我们阿关现在能耐是能耐，要想人前

①指阴历九月十三夜的夜晚。日本民间将阴历八月十五和九月十三称为明月夜。

显贵，就得处处考虑到，处处符合原田夫人的身份。和达官显贵们交际也是劳心费神呢。使唤女佣、公馆里来往交际，想当人上人，必须吃得苦中苦啊。娘家又是这样的家世，更是要加倍注意不要被别人轻视。考虑到种种情况，你爸和我虽然都很想外孙，但是害怕别人说闲话，就只好忍着些。有时候都走到了公馆前头，但想到自己穿着粗布衣裳打着棉缎洋伞，只能眼巴巴地望望二楼的竹帘。心里念叨着我的阿关现在正在干什么呢，脚下却片刻不停地快步走过去了。要是娘家再体面一些，多少可以给你撑撑面子。还有，想给你捎去一些祭拜月亮的江米团子，但是装饭菜的套盒破破烂烂的，岂不是太寒碜吗？真的，总是会莫名地就记挂着你。”

自己的到来虽然令双亲喜出望外，可是母亲的话语里带着不如意的抱怨，她忍不住就自家卑贱的身份向女儿发起了牢骚。

“我真的是太不孝了。虽然衣着光鲜，出入有马车接送，人前看起来风光无限，却无法尽心孝敬父母。这金玉般的外表之下，实质却无人知晓。与其这样，还不如留在爸妈身边做点手工活儿更加自在舒适呢。”阿关说。

“胡说胡说，再别说这种胡话了。嫁给别人做媳妇了，就不要总想着接济娘家人了。你还在家的时候是斋藤家的姑娘，出嫁了不就是原田家的夫人了嘛。你要尽力做到让阿勇满意，努力让家庭和顺，其他的不用你操心。爸爸知道当夫人不容易，但你能有这么好的运气也应该忍耐忍耐。女人啊就是爱发牢骚，你妈说了那么多无聊的话让你为难了吧？因为没能让你吃到江米团子，她心里憋着气呢。这可是充满妈妈爱心的小团子哦，你敞开了吃，让她消消气吧，可甜可甜了。”父亲诙谐地说。

错过话头没说，阿关心情愉悦地吃了很多毛豆和栗子。

女儿嫁人已有七年之久，可从未这么晚回过娘家，而且没有带礼物、一个人步行，这些情形全不曾有过。仔细一想，女儿的衣服也不像从前华丽，难得见面的喜悦让父亲忽略了这些变化，可到目前为止，女儿只字不提女婿，看得出是强颜欢笑，其中一定有隐情。父亲凝视着桌上的钟试探性地问道：“马上就要十点了，阿关你是住在这里还是回去啊？要是回去的话，还是尽早动身吧。”

女儿这才抬头望着父亲：“爸爸，今天我是有求于您才来的。请您听我解释。”她将两手叠放在铺席上，一滴泪珠紧跟着滚落，透露出几许悲惨。

父亲神色凝重起来，稍稍往前挪了一点儿：“这么郑重其事，怎么了？”

“我已做好今晚不再回原田家的准备了。这次出来没跟阿勇打招呼，把太郎哄睡着后，我下定决心不再见他，才过来的。那孩子除我之外谁陪着守着也不行，我连骗带哄地让他睡着之后，在他做梦的时候我就跟鬼似的溜出来了。爸爸妈妈，请你们一定要体谅女儿，直到现在我从没有说过任何关于阿勇的坏话，也没有跟别人说过我们的夫妻关系。我思量再三，已经含泪忍受了两三年，今天我无论如何也决心要离婚，拜托爸妈能替我写一封休书。以后我随便做些什么都好，我和亥之一起努力，就让我一辈子一个人过吧。”阿关说完号啕大哭起来，为了压低声音，她紧紧咬住袖子，上面水墨画的竹子转眼变成了哀伤的紫竹。

“这到底是怎么回事？”父母往前凑了凑。

“虽然我从未说过什么，但是到我家去瞧瞧我们夫妇相处的场景，半天就能把情况了解得差不多。他只有有事才会跟我说话，而且态度极为恶劣，早起问安，他却猛地去看庭院里的花花草草，还语带玄机地说些夸赞的话。尽管我非常气愤，但就因为他是我丈夫，所以我一直忍着什么都没说。从早膳开始各种咒骂声便不绝于耳，甚至在用人面前也不加掩饰地数落我的无能和粗鲁，他的口头禅就是‘没教养’，瞧不起我没读过书。我本来就不是出身贵族女子学校的高素质女孩，也不像他那些同僚太太那样学过茶道啊插花啊、唱歌啊绘画啊，自然不能跟她们谈论这些高雅的话题，我干不来这些事情。但是他完全可以悄悄送我去学啊，为什么要故意讥讽我娘家的不是呢，结果弄得我在用人们面前都抬不起头来。真的太不像话了！刚嫁给他那半年的时间里，他对我还算体贴，总是‘阿关哟阿关哟’。自孩子出生后他就性情大变，一想起来就不寒而栗，我完全跌入了黑暗的深渊，再也看不到一点儿温暖的影子了。起初我以为他是故意开开玩笑，特意说些刻薄的话来逗我。其实他早就看腻了我，他认为折磨我虐待我，我可能就会主动离开他，所以就开始变本加厉。爸妈，你们都了解女儿，要是自己的丈夫和艺伎玩一玩，或养个小老婆什么的，我不会为了这件事情吃醋的。其实我从下人们那里多少也听到过一些传闻，但他是个有身份的人，这种事情应该避免不了吧。对他的出门着装我也格外上心，就怕惹他生气，但是他对我的一举一动统统都不满意，动不动就骂我。还说家庭不和一定是妻子的不对。就算是我不好，他应该说出来我到底什么地方不好，什么地方没意思，可他只是一味地骂我，‘没意思的家伙，不解风情的蠢货，跟你没什么好谈的。说实话，就是把你当作太郎的奶妈才留你在家里的’。整天对我冷嘲热讽。他不是我的丈夫，而是魔鬼啊。他就差亲口说出‘滚蛋’了，我就是这么个性子，为了太郎变得畏首畏尾，不管他骂我什么，我都唯唯诺诺的。然后他越来越肆无忌惮，骂我‘没志气、没出息的大笨蛋，我就最烦你这软塌塌的性子’。要是我真按他说的去改变个性，会怎样呢？我要是稍稍表达自己的想法，不服气地回应他几句，这才是正中他下怀呢。他一定会以此为理由将我赶走。妈妈，我从他家里出来不是不可以，跟那个徒有其表的原田勇离婚，我不会有一点儿留恋。不过一想到懵懂无知的太郎将要成为单亲家庭的孩子，我就志气也没了，态度也没了，只好继续讨他的欢心，为了子虚乌有的事情战战兢兢，一直默默地忍受到今天。爸、妈，我真是个命不好的女人啊。”阿关悲愤地倾诉着这些年的怨气。

万万没想到竟然会有这等事情，老两口面面相觑，震惊得哑口无言。

母亲自然心疼女儿，听到这些，气得咬牙切齿。

“他爸，你是怎么想的我不清楚，但原本就不是我们家主动要求结亲的，现在却嫌弃什么出身不好教育水平不高这啊那啊的。他不记得了，我还记得清清楚楚呢——在阿关十七岁那年的正月，也就是还没有取走门松① 的初七的早上吧，那会儿我们还住在猿乐町，阿关在家门口和邻居家小孩打羽毛球。我们阿关打出去的球正好落在原田先生的车里，去捡球的时候，他就对阿关一见倾心。开始找人说媒，频繁催促想要娶阿关过门。我们知道门不当户不对，我们孩子打小就没学过琴棋书画，嫁妆就更不用说了，不知道回绝了他家多少次呢。那家伙说，我爸妈并不挑剔，我喜欢她我想娶她，不用在意门第身份，舞蹈琴技之类的嫁过来之后再慢慢学，请二老不用担心。

①日本传统的新年饰品，通常成对摆放在家门前，表示欢迎祖灵或丰收之神。

只要阿关能嫁给我，我一定好好对她。他火烧火燎地拼命地催。我们这边并没要求什么，他们却特意置办了嫁妆送过来，也就是说阿关是他自由恋爱娶过去的媳妇儿。我跟你爹顾及情理不愿意总去叨扰，并非惧怕阿勇的身份。我们阿关可不是卖过去当姨太太的，而是他费尽心思明媒正娶的夫人。其实我们大摇大摆地进出他家也无妨，但奈何人家家境显赫，我不愿意让别人在背后乱嚼舌根，让人说是我们家靠着女儿的关系想从姑爷那里捞些油水。我们也从没有故意逞能，在两家的交往中尽力做到匹配，平日里再想女儿了也不敢随便去看。你看看他净说些什么混账话啊，就跟我家女儿没爸没妈似的，说我们会这个不会那个的，他可真说得出口啊。要是不反抗的话，他更无法无天，惯成他那个臭毛病。他先是在用人面前让你丧失权威，以后都没人听你的话了，就连太郎的教育也成问题。他会瞧不起你这做母亲的，根本不把你放在心上。”

“该说什么，一定要说出来！要是他再骂你，你就说，我也有家，完全可以回家去。我说你也是真傻，怎么能忍受这些事情到今天？你啊就是老实过头了，人家就是看准你好欺负。听你说这个，我就气不打一处来，别再一味退让了！身份再卑微，也是有爸妈的人。弟弟虽然还小，起码是弟弟，还不至于落到在那种火坑里受罪的地步。他爸，你应该去见见阿勇，教训教训他才好。”母亲非常激动。

父亲从刚才就一直抱着胳膊闭着双眼："我说他妈，你别说没用的办法了。一听到这事我就开始盘算，阿关能说出这些话来，大概真是万不得已了。看你今天愁眉不展，而且姑爷也不在，是发生了什么严重的事情吗？最后跑到这里来了说要离婚。"他沉着地问道。

"他从前天开始就一直没进家。平时一连五六天看不见人影是家常便饭，我根本也不在意了。那天，他正要出门的时候就开始挑剔，说我准备的衣裳不好，不管我怎么赔不是他都不听，把衣服脱下来扔在我脸上，自己换上了西服。'唉，还有比我更不幸的人吗？找了你这么个白痴老婆。'丢下这么一句嘲讽就扬长而去。这是什么话？他一年三百六十五天天都不理我，偶尔说句话还这么刻薄。难道我还想被叫作原田夫人，以'太郎母亲'的名号赖在那里吗？连我自己都不知道为什么还要继续忍下去！算了算了算了，不要丈夫不要孩子，回到没有结婚的过去吧。一直盯着太郎天真无邪的睡颜，心一横，就把他留那儿自己过来了。我再也无法待在阿勇身边了，不是都说嘛，没有父母在旁，子女也会长大的。与其让我这个晦气的亲妈来抚育，还不如找个他爸满意的后妈去抚养呢。或许这样还能多受点儿疼爱，对他的成长也有帮助。今晚，我是无论如何也不会回去的！"

阿关说得斩钉截铁，但母子情深哪能说断就断啊，她的嘴唇不停颤抖。

父亲叹了一口气："真是苦啊，愁人啊，真是叫人为难啊。"他看了一下女儿，大丸髻上用金绳子卷着发根，随意披了件黑色绉绸和服外套。虽说是自家女儿，但早已是豪门太太的风姿，他真不忍心叫她松开绑好的发髻，换上平纹的丝绸，揽上揽袖带[①]在厨房去做些洗洗涮涮的粗活呢。况且她还有太郎，不能因一时的糊涂酿成终生的苦果，不仅外人会笑话，一旦变回斋藤家姑娘回到家里，苦也好笑也罢再也听不到太郎喊妈妈了。虽然跟丈夫没有感情了，但是那份母爱怎么能割舍呢，将来她肯定会加倍思念儿子，说不定还会怀念如今的这点儿辛苦呢。"

红颜多舛，可叹这门不当户不对的姻缘又给她增添几分愁苦。

"爸爸要说不同意你离婚，你说不定会觉得我太过狠心。我绝不是在骂你，两个人出身不同，思想自然不同，虽然咱们这边尽心尽力，但说不定他没能领会心意。阿勇也是个通情达理的人，不仅头脑灵活还满腹学问，按理说不是胡作非为的人啊。一般有头有脸的人都会有些自我，在外面不能对人说的事情以及工作中遇到的烦心事呀等，回到家就想发泄出来，渐渐地，可能吹毛求疵。他这么年轻有为，自然跟那些在区役所提

①绑缚和服袖子便于活动的带子，一般从肩到后背打十字结。

着便当盒去上班，回家后还帮妻子生火做饭的人不同。话说回来，讨取丈夫的欢心本来就是身为妻子的义务啊。从表面上，总觉得这世上的夫人都是无忧无虑的，所以觉得只有自己不幸，自然会觉得更加委屈。但是这也是你的职责，吃得苦中苦方为人上人。你老妈净说大话，亥之能够挣到这么多钱归根结底是多亏了原田家啊。俗话说，亲荫子七重光[1]，他对我们简直就是十重光啊，咱家一直都在间接接受他们家的余荫。爹晓得你受苦了，但是为了父母兄弟，还有太郎这个孩子，既然你能忍受到现在，难道以后就坚持不了了吗？要是离婚，也不是不可以，那么从今以后太郎是原田家少爷，你是斋藤家女儿，一旦断绝关系可就一生不能再见面了。无论如何都是同样悲惨，还不如去承受原田夫人的悲惨命运呢。是吧？阿关，如果你觉得我说得对，就把这些事情藏在心里，装作什么都没发生回家去，就像之前那样忍耐，坚持生活吧。你所说的痛苦爸妈都知道，你弟弟也会明白，眼泪都会替你分担。”

父亲分析着事情原委，竟老泪纵横。

听到父亲一席话，阿关哇的一声哭了出来：“我以后再也不会说离婚这样任性的话了。要是跟太郎分开，那么我活在这个世上还有什么意思呢？如果只想着逃避眼前的苦痛，那么生

---

①日本俗语，形容借别人的光。

活永远也不会改观。往后我心如死灰，绝对不会掀起风波，起码要让太郎在父母的陪伴下成长。刚才我想起了那么多没用的事情，还让您听我说了好些烦心事。从今夜起，阿关权当自己死了，我会用自己的魂魄守护爱护着太郎。要是能这么想的话，就算忍受一百年的虐待我也能坚持。我明白您的意思了，以后我绝不会再说这样的话了，让二老替我担心了。”阿关抹去一滴又一滴滚落下来的泪水。

母亲哭诉了一声：“我苦命的女儿啊！”顿时泪如雨下。

唯有朗月当空，凄然地发出明亮的光，亥之从屋后堤坝上摘下的芒草，无忧无虑地在瓶子里摇晃着穗子。真是一个哀伤的夜晚。

娘家住在上野的新坂下，回骏河台的路上有片葱郁繁茂的树林，夜晚树影斑驳，很是幽寂。不过今晚明月皎洁，到了广小路就跟白天一样明光。娘家没有雇用脚行，就从窗户外喊住一辆过路的洋车。

“要是你想通了就快点儿回家吧，丈夫不在家的时候私自外出，要是他抓住这个责难，就真的百口莫辩了。虽然现在有些晚了，但是有洋车在，一会儿就到家啦。你的话我会好好琢磨，现在快走吧。今晚姑且先回去。”父母恨不得牵起女儿的手亲自送她回去似的，为人父母真是用心良苦啊。

阿关痛下决心：“爸妈，今天的事就这么过去吧。我回去好好当原田夫人，以后再不会随意说丈夫的坏话了。阿关有个体面能干的丈夫，还能助亥之一臂之力。你们放心吧，我一定不会有事的。我一定不会做傻事，请二老放一百个心。从今晚起，我整个人只属于阿勇，任何事都听他的。那么我回去了。亥之回来后请代我问好。爸妈开心点儿吧，下次我会笑着回来的。”阿关无奈地站起身。

母亲拿起钱包，问门外的车夫：“到骏河台多少钱？”

“啊，妈妈，我有钱。”

阿关温柔地跟父母告别，迈出格子门，以袖掩面遮住泪水，带着满身的哀愁上了洋车。家里传来老父的咳嗽声，似乎有些哽咽。

下

月光伴凉风，虫声渐幽微。

离开上野还没一条街的距离，不知为何，车夫哐当一声把车停下：“真的非常抱歉，我不拉车了。我不要车钱，你下来吧。”突然间冒出一句这样的话，阿关心中一惊。

“啊，你这么说不是故意难为人吗？我有急事，等会儿多给您些车钱，劳驾您拉车吧。这么偏僻的地方哪里还有别的洋车啊？您是故意要刁难我，别慢吞吞的了，快走吧。”阿关一副祈求的口吻。

“我不是想多要些车钱。我真的求你了，快下车吧。我不想拉车了。”车夫说。

“那你是不是不舒服，还是有什么苦衷呢？你都把我拉到这里来了，又说不想干了，这说不过去啊。”阿关加重声音呵斥车夫。

“真不好意思，就是不想拉车。”车夫突然拿起车灯，闪到一边去了。

“你可真行，那这样吧，我不要你拉到说好的地方，只要你能拉我到一个有车的地方就成。只要是能找到车的随便什么地方都行。至少要拉到广小路那块吧。”阿关又故作温柔。

“也是啊，你是个年轻的姑娘，把你丢在这么冷清的地方也确实说不过去。这是我的不对，那么你快上车坐好吧，我来送你回去，刚才一定把你吓到了吧。”

车夫也不像坏人，他慢慢地握起提灯。阿关这才平静了些，安心地望着车夫的脸。这是个二十五六岁、皮肤黝黑身材瘦削的男子。天哪，那背向月光的脸像极了一个人，那个人的名字在嗓子里哽咽着。

“难道你是？”阿关用自己几乎都听不到的声音问。

“什么？”男子吃惊地回过头。

“啊，你不是那谁吗？你不会忘了我了吧？”阿关几乎是滑下洋车，出神地盯着他。

“你是斋藤家的阿关，我这个样子真的太没脸了。我有眼无珠竟不知道车上的人是你，本来听到你的声音就该记起来的，我真是太蠢了。”车夫低下头，有点难为情的样子。

阿关从头到脚打量着他：“不是的，就算在路上碰见，我也肯定认不出你了。刚才我不是还以为你是个陌生的车夫嘛，你认不出来是当然啦。竟然让你拉着我，真是不成体统。不过方才并不知情，你要原谅我啊。对了，你是什么时候干这个的呢？你不是身子不太好吗，这没事吗？听人说伯母回乡下老家了，小川町的店面也关张了。今时不同以往，要考虑的太多了，别说去看你，就连写封信也做不到啊。你现在住哪里？嫂子还好吧，都有小宝宝了吧？现在每次有事去小川町劝工场①，都会瞧瞧从前的铺子，虽然还是烟草店，但是换上了能登的字号。啊，在阿录哥哥还是小孩子的时候，上下学的空当经常去他那儿要些纸烟末，装模作样地学着吸烟呢。现在他在哪里做什么呢？那么温柔腼腆的人，在这艰难困苦的世上该如何度过呢？我始终牵挂着你，回娘家的时候也会打听你的情况，看看有没有谁能知道。不过离开猿乐町已有五年之久，早就音讯全无……我多想念以前的日子啊。”阿关忘乎所以地问这问那。

①日本特有的一种商店陈列所。1877年，日本第一届国内劝业博览会结束后，为将剩余的部分商品留下再次出售，次年开设了展览馆。这就是劝工场的前身。

男人不停地擦拭汗水："说出来真是丢人，我竟沦落到这个地步，连个家也没有了。如今我住浅草町，就租住在一家叫村田便宜旅店的二层楼上。高兴的时候就像今晚这样一直拉车，郁闷的时候就窝在屋里从早到晚抽纸烟。你一点儿也没变，还是那么好看，自打你成为原田夫人之后还一次都没有见过呢，我梦里都祈求能再跟你说句话呀。在今天之前我一直将这条贱命看作毫无意义的废物，没想到竟然有命活到今天站在你面前，你还记得我是高坂录之助。我真是感激涕零。"

他低下头。阿关潸然泪下，在这世上谁没有烦忧呢？

然后她接着问："那么嫂子呢？"

"你知道的，就是之前我们店对过那个杉田家的姑娘，人人都夸她皮肤白皙、容貌姣好，是个美丽的姑娘。我之所以在外面晃荡，整日不着家，亲戚们误以为我是没有在该娶亲的时候娶亲。从那以后我妈也开始认同这个说法，每天在我耳边嘟囔，说什么一定要成家啊，快点儿娶老婆吧。好吧，随便吧，怎么都行，我成亲的时候听说你怀孕了。一年以后马上就要有人前来祝贺我当爸爸，家中肯定也摆满了纸糊的小狗和风车。但是这都阻止不了我继续晃荡，人都说娶了漂亮老婆就该收心了，有了孩子就更稳重。可是我呢，哪怕小町[①]和西施牵着小手

①即小野小町，日本平安前期的女歌人，六歌仙之一，传说中是绝世美人。

过来找我，抑或是衣通姬[1] 跳舞给我看，我也不会改变游荡的本性。怎能看到那张乳臭未干的小脸，就洗心革面呢？我玩了又玩，没完；喝了又喝，喝不到头。到了大前年，家产事业全都败光，家里连根筷子都没剩下。老娘只好去投奔乡下已经嫁人的姐姐，老婆也带着孩子回了娘家，再无联系。孩子是女孩，但是我一点儿也不疼爱她。听说那孩子去年年底得伤寒死掉了。女孩子本来就早熟，她临死的时候一定也说着爸爸怎样怎样的吧。要是活到现在也有五岁了。这么无聊的身世，不提也罢。”

男人的脸上浮现出惨然的微笑：“刚才不知道是你，说了那么多不着调的混账话。快，上去，我送你。刚才肯定把你吓着了。我来拉车不过是担个虚名罢了，成天握着车把有什么乐趣呢？谁愿意去当牛做马，无非是赚到钱会高兴罢了。喝点儿酒心里痛快，只要一思想就觉得什么都他妈没劲透了，不管是拉着客人还是拉着空车都觉得特没劲，还有比我更惹人厌的人吗？咳，不说了。快上来啊，我送你回去。”

“那个，方才不知道也没关系，现在我知道是你了，怎么还会让你拉着我呢，而且在这么僻静的地方我也感到挺害怕，我们一起走到广小路那边吧，边走边聊。”阿关微微提起裙裾，油漆木屐发出嗒嗒的空旷声响。

---

①允恭天皇之妃，因拥有绝伦的美貌，特别是白皙的皮肤透过罗衣光照耀眼而得名。

这是往日旧友中最难忘怀的至交，他曾是小川町高坂——一家雅致精巧的烟草店家的独生子。那时不像现在皮肤这么黝黑，他穿着当时时兴的唐栈[1]衣裳，套着利索精神的短外套，为人机灵可爱，讨人喜欢，虽说年龄不大，却比他爸还要能干。烟草店生意十分红火，人人都夸他聪明伶俐。真是的，如今却完全变了，听到我嫁人的时候，变得自暴自弃破罐子破摔。“高坂家的小子怎么像变了个人一样，不会是着魔了吧？或是有恶灵作祟也说不准，这看起来可不像小事啊。”那时候总能听到这样的风言风语。今日见到他凄惨的模样，没想到他只能寄居在简陋的小旅店里。

我曾是他的意中人，在十二岁到十七岁的时光里，我们几乎是朝夕相处。每次见到他的时候我都会暗暗思忖，将来我要坐在这个铺子的什么地方，一边看报纸一边招呼客人。但没想到最后却跟别人结婚了，父母之命哪能违抗呢？虽然心里念念不忘烟草屋的阿录哥哥，但那毕竟只是少年时代的情思。对方都没有说过什么，我就更不可能先开口了。这如梦似幻的单恋，还是不要想了，斩断情丝放弃执念吧。我告诉自己，原田夫人的身份已成定局，但是结婚那天我含泪思念着心上人。今天我终于知道，我的心思也是他的心思。或许就是因为这些，

①进口细条纹布，棉织物的一种，蓝底配有纵向红色、浅蓝等细条纹，致密平织，质地雅素，是讲究游乐之人喜爱的穿着。

他才搞得身败名裂。如今我梳着圆髻，模样光鲜，他该恨我这个德行吧。不过，他做梦也想不到我也是不如意的吧。阿关回头看了一眼录之助，他若有所思的样子，又很茫然，偶然邂逅了阿关，但是看不出一丝高兴的神情。

从广小路出来就有洋车了，阿关从钱包里掏出几张钞票，轻轻包在小菊手纸里："阿录哥哥真的失礼了，收下这点儿钱买些手纸什么的吧。许久未见，心里有很多很多话想要跟你说，但请你谅解我不能说。我就在这里告辞了。请一定不要再糟蹋自己的身体了，让伯母早日放心才是啊。我也会为你祈祷的，希望你能重新变回从前的阿录哥哥。让人们都看看，重新把烟草铺子开起来。那么，再见了。"阿关跟阿录告别。

录之助收下纸包："本来应该辞谢的，但这是你给我的，那么我就高高兴兴地收下了。心里不想分别，但是今日见面也像做梦似的，没办法啊。好了，你走吧，我也回去了。再晚，路上可就更冷清了。"

说完就拉起空车转过身，一个向东，一个向南。马路两边的垂柳在月影下悠悠飘动，黑漆木屐的声音好似无力。村田的二层陋屋，原田的深宅大院，都有人各自体味着心酸的滋味。

晓月夜

第一回

柳枝青青，梅香浮动，樱花灿烂，春色令人陶然欲醉，而幽居雅名更牵动着世上男子的心。山涧潺潺泉水，都似憧憬着爱恋，樱花烂漫乃是大名鼎鼎的香山家。

清澈的江户川[①]流水悠悠，西岸有一栋西洋风格的房子，美轮美奂，行人纷纷驻足观赏。无须看到门前的从三位[②]官阶名称，就知道是同族中的那户人家。庭院里各色绿植翠色欲滴，低矮的青松间夹杂着鲜艳的红叶。若是人人都对这精致的宅院打听一番，怕是庭院里木桥上的脚步声会噔噔地响个不停。人们所知道的可不只这些，香山家有位名唤一重的千金小姐，天生丽质，胜过众多姐妹。从肩缝绽开的孩提时候开始，“怎么

①日本自北向南流经千叶县和东京都的河流。

②日本古代官阶名称，位于正三位之下、正四位之上。

着也是个若紫[1]般的佳人吧”——像这样记挂小姐未来的人不胜枚举。只可惜，徒然度过二八年华后，二十岁的一重却依旧独守空闺。该从何说起呢？小姐似乎一心尽孝，每次父母亲语重心长地说起婚姻大事，她总是说：“虽说这样很任性，但我只愿一人终老一生。”

违背父母意愿是可不孝之罪，但毫无缘故地，她始终不情不愿。结果，留下了非常不好的名声，人们对她议论纷纷。可是一重毫不在意女孩子的清誉，也不珍惜无情的光阴，只是默默地欣赏风花雪月。是故意这样的吗？她不愿沾惹俗世，有人想在慈善会上与她结识，但以失败告终；也有人在园游会上想攀谈两句，更是大失所望。她就如高岭之花，听说让众多追求者苦不堪言。这其中有一位叫作森野敏的文学专业的学生，寄住在离牛圩不远的一家小旅馆，不知从哪里隐隐约约听到了小姐的传闻。

“真是个奇怪的家伙。”森野敏听说后笑着谈论。

她独身的理由，人人不知，真想一探究竟，无论如何也想见她一面。不是，不是我想见她，是要她看看我。“凡所有相，皆是虚妄。”[2] 他在秘藏佛像[3] 前默默诵念，佛龛前的这份信念

①日本古典文学名著《源氏物语》中的女主角，兵部卿宫的私生女、藤壶中宫的侄女，后成为光源氏的侧室，几乎一生得其独宠，也叫作紫姬、紫儿。

②此句出自《金刚经》，是佛法的核心所在。

③平时秘藏，只在开龛时供人叩拜的佛像。

与日俱增。透过玉珠小帘，明晃晃的朝晖下他羞得面红耳赤。“女儿的愚钝自不必说，保不准双亲才是装腔作势，慈爱深笃全都是假的。”他越是这样想，越是恋慕不已。

若是像光源氏在与末摘花[①]其度良宵的翌日借着窗外积雪，看到她那丑陋的容颜那样，才是可悲之事呢，森野敏又开始担心起小姐的姿容。每次走过香山家门前，他总会若无其事地环顾四周，等着佳人是否出现。有次从饭田町学校放学回家，夕阳下阿敏独自着沿着小河散步，突然一辆马车从身后飞奔而过。车上的主人应该就是小姐吧。她是从哪里回家啊？只见她高高的发髻娴雅庄重，未施粉黛的脸庞如凝脂般白皙剔透，身着黑色的绉绸外褂，一派高贵凛然的闺秀风格。

森野敏不由得跑上前去，马车果真进到香山家大门内。车轮像是碰到了什么东西，吱呀吱呀地摇晃了一下，发髻后面的一支金簪散落下来。小姐刚要伸手去接，晚风忽然掀起了她的衣角，哗啦一声有东西从入口掉落出来。车夫浑然不觉将车驾到玄关，阿敏装作毫不知情的样子走上前去，迅速将小姐之物捡起来揣进怀中，然后一溜烟儿不见了。

开进大门的的确是香山家的洋车，光是看车夫所穿的号

---

①《源氏物语》中的人物，常陆亲王的女儿，貌陋而缺乏情趣，鼻尖有明显的红点，后成为光源氏的侧室之一。末摘花在日文中是指一种用作红色染料的红色花朵，花发于茎的末端；而日文中的“花”和“鼻”发音相同，因而光源氏一语双关地称呼她，并赋诗：“明知此色无人爱，何必栽培末摘花。”

衣便能知晓。车里的小姐看上去十七八妙龄，容仪俏丽，并且家中应该也没有其他年纪相仿的姑娘，传闻中的女主角就是她吗？肯定就是她。果真是名不虚传呢，别说虚传，她比传闻中还要美十倍二十倍。真的，她的美丽绝非庸脂俗粉能比，真是人比花娇。

“她的美丽，不知为何带着一丝神秘。”阿敏在灯下抱着胳膊思忖不已。他捡到的是一条白手绢，上面缝有西行①吟咏富士山的和歌，笔迹娟秀。阿敏越发觉得这个姑娘冰雪聪明，越想越觉得不可思议。她笑容迷人，那双明眸到底在注视着什么？那不为人了解的行为似乎另有苦衷。虽然我在梦里也爱恋着你，却毫无下流念头，只是想知道你的理由。年轻女子心绪未定，是否遇到一些事情，因而生出皈依佛门的念头，屡次遇到可耻的事情，着实伤害了她高贵纯洁的心灵。坠入魔道之事在我们学生中也时有发生，更何况是懵懂无知的小姑娘呢，一旦沉溺于感情之中，真的是很难脱身。倘使小姐真的被情所伤，该有多忧愁啊。阿敏也迷茫无措：“我想我们能够友善地见面，亲切地交谈。我呢，该规劝的规劝，该安慰的就安慰。”

①日本平安时代末期至镰仓时代初期武士、僧侣、歌人。俗名佐藤义清（一作宪清、范清、则清），生于官宦之家，很早进入官场，二十二岁时辞官出家修行。与藤原定家是当时并称的两大歌人。

话虽如此，世事难解，或许小姐曾有过男友，无奈被辜负。即便自己想嫁人父母也恩准，然而父母还是担心万一在嫁人时被对方发现她已不是纯洁之身，那么这不仅是女儿的耻辱，更会是家门的丑闻。前思后想，子爵[①]只能隐瞒这件事，以后都继续将女儿当作掌上明珠疼爱吧。因此，这虽然是认真写作的无心和歌[②]，但是毫无价值。不，如此秀丽的行文，怎么可能出自寡廉鲜耻的人。这里面一定大有缘由另有隐情，一重小姐一定是用长袖和服紧紧包裹着她那不同寻常的心思。午夜梦回，相思无尽。

起初受了好奇心的唆使，描绘着各种虚幻的想象。而恰好此时，得以见她一面，可是，当时为何阴差阳错，单单看见一个背影。就好比人越是口渴，越是找不到水那样急躁难耐，他一念成痴，心里的愁绪找不到合适的出口。不管是清晨白日还是掌灯时分，无论是上课也罢读书也罢，西行的和歌与小姐的芳容全乱入眼前，无法离开。阿敏想自己可能是傻了，前途无量的文学青年这副样子成何体统，深深自责一番后心里更加惴惴不安，最终只好暂时中断寄宿生活，跟学校和寄宿人家都托词自己最近精神状态欠佳，需要回乡调养。离开之后不到一个月的时间，他便不知所踪了。

---

①日本有五等爵位，子爵为第四等。

②以机智、幽默为特点的和歌。

陷入恋爱的家伙真是可笑啊，原来，他住进香山家里，成了一名园丁。

第二回

阿敏自小喜欢莳弄树木花草，园丁剪刀都能运用自如，握着竹扫帚打扫庭院之类的活计自不在话下。只是为了隐藏身份，他只能装作乡下人的样子。虽然每天灰头土脸，但希望可以从这里发迹，阿敏在心里暗暗起誓。谎话连篇连自己都佩服自己，就连起名字也是如此，他当场就给自己捏造了“吾助”这么个名字。

可惜，清理杂草打扫庭院之类的，是六十岁老头儿的事情吧。于是早晚都打开《古事记》[①]和《旧事记》[②]来读，手中的《万叶集》[③]里夹着一张不明不白的字条。收拾泥盆子这等脏活，莳弄万年青的枝叶，还有在草坪上捡落叶的样子，连自

①日本第一部文学作品，包含了日本古代神话、传说、歌谣、历史故事等。安万侣于和铜五年（公元712年）编纂完成，并由第四十代的天武天皇审定。

②又名《日本书纪》，日本留传至今最早的正史，六国史之首，原名《日本纪》。与《古事记》合称为“记纪”。

③日本今存最古老的歌集总集，收录自四世纪至八世纪中叶长短和歌，相当于中国的《诗经》。成书年代和编者众说纷纭，一般认为是经多年、多人编选传承，约在八世纪后半叶由大伴家持完成，其后又经数人校正审定才成为今传版本。

己都觉得不像样子，万一被同学们看见可怎么办？想到这里，阿敏的内心宛如奔腾在小笠原荒野。总之他很尽量避免外出做事，厨房的女佣们觉得很可笑，嘲弄他：“东京又不是鬼住的地方，他是不是水土不服啊？你看看怕成那个样子，真是个不折不扣的乡巴佬啊。”

如此憔悴，都是为了她。可怜我风华正茂，竟然滞留此地狼狈不堪。窗边微风轻抚，竹叶沙沙作响，我也无法对她诉说心事。毫不知情的小姐总是幽居深闺，不时传出的悠悠琴音越发让人思念。偶然一次在庭院中，他看到一个冰清玉洁的倩影，正在跟一个用人柔声细语地交谈着什么，竟不知道她如此仁慈善良。在最初的想象中，小姐似乎满腹心事，默数长袖中的念珠，诵经声伴随着沉香袅袅的轻烟，不太有少女的样子。然而事实完全不是这么一回事，眼前的她，柳丝般的秀发高高盘起成岛田髻，发尾一丝不乱，绾发的技艺非常高超。小姐的品位居然如此高雅。如果能常伴在她身旁，该会有多么幸福啊。银丝扁簪上缀着浅粉色流苏，长长地在鬓间摇曳；黑发间别着一朵小花，越显伶俐娇俏。美人必须讲究衣着自然，紫色单衣最衬肤色，但她特意穿着质朴的黑色绉绸，茜草染的梅花纹样衬托着她脱俗的清雅气质。小姐一身别致的浅色绫子外褂，倒映在粼粼水面上，正在和弟弟一起喂锦鲤，瞧她笑语盈盈地一心一意地刮着麸子，真是叫人羡慕。

阿敏可不仅仅想越过假山前去拜会一下那么简单，可怜他对这个人思之如狂，手里准备好秘密之钥，只待时机成熟，可等待得心急如焚，不过一个月的光景就让他怨气郁结。“根本没有接近的机会才是理所当然吧，千金小姐本就可望不可即，而我只是一粒微尘。但是，暴风雨中一切东西都是平等的。”

甚之助是香山家的次子，蔓稍上晚结的瓜反而花朵更大①，虽然只有九岁，却凌驾于全家人之上，淘气至极，连那个说一不二的大管家都无可奈何。从法国留学回来的哥哥都叹气：“你这家伙，没人能招架得住。”但他跟二姐姐一重小姐关系最好，时刻都黏在她身边，本来一重小姐就性子温和，这样就更加宠爱小弟弟了。一个凄凄的雨夜，一重在灯火下打开书本，将双膝上的图画故事讲给弟弟听：“很久很久以前，某个王国中有位像甚少爷那么勇猛的人，他讨伐背叛天皇的乱臣贼子，建功立业之后有人为他著书立说。骑着高头大马的人就是大将军。”

听到姐姐的解说，甚之助欢呼雀跃：“我长大了，也要成为威风凛凛的大将军，征讨什么作乱的叛党，然后也像这样被人记录在书上，爹爹和娘亲肯定会夸奖我的。”

甚之助好生威风。

---

①形容小少爷虽然年纪最小，却备受宠爱。

姐姐微笑道：“你真勇敢，要是将来你成了大将军，还会像现在这样喜欢姐姐吗？大姐她们将来是要嫁人的，终究是要给人当太太的。我呢，只有你和大哥可以依靠，而且谁也不会比我更加喜欢你，真希望我们能够一直像现在这样好。等你长大从官邸搬走时，请一定让我侍奉左右，就算是去茶室帮帮忙也可以。你明白吗？”

一重贴着弟弟的小脸蛋说。

小少爷放肆地抱住姐姐，学着大人的样子：“那个，将来我要当大将军的，要是从家里搬走的话，我也要带着姐姐，带你吃各种好吃的，去玩各种好玩的。大姐姐和小姐姐一点儿也不疼我，才不要带她们吃好吃的。我要锁上门不让她们进来，让她们哭去吧。”

一重赶忙打住他的话：“不能有那种坏心思，要是母亲听到可就不好了。”

“但是姐姐们光顾着自己去看演艺会去赏花，总是把二姐姐一个人丢在家里，等我长大后只带二姐姐到处转悠。真想带你看全景立体画①，上面画着各种逼真的景色，步枪什么的都跟真的一样，还有火灾场景和战争场面，我特别特别喜欢，姐姐

①在绘有背景的墙壁前配置草木、房屋模型和人物造型灯，以营造出实境效果的大型风景画。

看了一定也会喜欢的。大姐姐已经去过好几次上野和浅草[1]了，但一次都没带二姐姐去过，这难道不是心眼坏吗？我最讨厌她这个样子了！”

小少爷随心所欲想说就说的样子，真是招人疼爱。

“你这么为我着想，姐姐很高兴，但千万不能跟别人说这些呀！不去看戏不去赏花，都是我自己的意思，姐姐们并不知道这些事。所以不准再说这种话。你今天玩什么了？要是有好玩的事情跟我讲讲吧。”

“今天吾助跟我说了……”

这个“大将军”少爷很快成了阿敏的小跟班。自从看到他和小姐关系那么亲密后，阿敏便萌生了奇货可居的念头。他以制作竹马[2]为由头，从植木讲义、战争物语，说到乡下的老头儿老婆子如何如何，尽挑些搞笑的事情哄他开心。某处一座野山多么多么宽阔；某处海洋中有一种无名大鱼，动动鱼鳍就会掀起惊涛骇浪，而且还会化身为大鸟。阿敏将这些稀奇古怪毫无根据的事情，添油加醋地讲述出来以赢取小少爷的欢心。在小孩子看来，这些事情更是十倍百倍的有趣。

“吾助吾助。”小少爷缠着吾助，成了他的跟屁虫。

---

①位于日本东京都台东区东部的地区，原为浅草寺的门前町，有商店街、批发店街、演艺街等。

②一种游戏用具，把带叶子的竹竿放到胯下当马骑因而得名。

“如果你觉得好笑，也要原原本本讲给小姐听啊。”

吾助无论说什么，都不像是骗人。他又一本正经地给小少爷讲故事了——

“杜鹃和伯劳[①]前世是同乡人，他们靠缝鞋和卖盐为生。伯劳从杜鹃那里买了鞋却没有价值，于是债台高筑，伯劳抬不起头来。杜鹃来的时候他去寻找饵料，指着路边草丛中的青蛙说，给你吃这个以示歉意吧。”吾助补充道，“这是千真万确的事情。而且若能写成和歌，姐姐一听就会明白其意。”

“吾助可是了不得的大学问家呢，没有不知道的事情，西洋[②]啊中国啊天竺啊，哪里的事情都晓得。他还说我要是觉得有趣，一定也讲给姐姐听听。吾助和从前的老头子不一样，不仅疼爱我还夸奖姐姐，真是个不错的家伙。下次给我织袜子的时候，也给他做点儿什么吧。好吗姐姐？答应我吧，姐姐。”

甚少爷热心地拜托姐姐。

甚少爷将毫无把握的承诺告诉给阿敏，丝毫不避人耳目。小姐的消息翩翩越过珠帘，轻而易举地传递到阿敏耳中。他越发感到此事非同一般，但自己也不能理清这其中的脉络，越理越乱，繁杂的情绪搅得他不得安宁。都是为你，我甘心放弃了我的所有。人非木石，小姐肯定不会厌烦我的信件吧。我必须

①一种鸟，有将昆虫、蛙、鼠等猎物穿挂在树枝或荆棘上的习性。
②在日本指欧美各国。

要把你从荆棘之地中解救出来。

门前的绿竹，残存着爱怜的影子，阿敏想象着小姐的幽居生活。

第三回

父母爱孩子失去理智，是人之常情，因为疼爱孩子有时会迷失心智。但是阿敏注意到，香山家的三个女儿中，老大难以取悦，老三活泼明媚，容貌虽都不相上下，但都不及老二香山一重。不过龙生九子各有所好，容貌不同本无可非议，奇怪的是母亲对待一重的方式，真是轻率怠慢，虽说没有明显到将小姐当作下人看待的地步，但同样的话语，跟一重说话时总是不高兴，态度也很冷淡。

比如，子爵最宠爱的某位女子，宛若桐壶更衣[①]般身姿曼妙，但遭到香山太太的强烈嫉妒，正值花季却生了肺病，可悲可叹，遗爱就是小姐吧。所以，父亲对她格外宠爱，而渐渐地，太太心生怨愤，以致小姐的婚事总是在她的破坏下半途而废。外人都在背后念叨小姐任性妄为，随随便便，那些流言飞

①紫式部小说《源氏物语》中的角色。她是书中主角光源氏的母亲，也是桐壶帝的宠妃。

语把父亲也卷入进去，一家人中没有一个人为小姐掏心窝子，没有人全心全意对小姐好，只有甚之助少爷和我怜悯小姐。那么，我将心意付诸笔端如何？倘若时机合适，可以去某处陪伴她片刻也好，于是阿敏又开始筹划。好的，我痛下决心，势必要渡过这陆奥之国的名取川①，哪怕留下不清不白的名声，我也在所不惜。这世间人言可畏，我愿坦诚面对自己的心。眼前的我不过一介书生，但不久便会让小姐获得幸福，挽回不好的名声也不是没可能。千鸟殷勤②，互通笔纸，于是吾助整夜执笔香笺。小姐本来就不是轻浮女子，更不会对我这个男佣多看一眼。要是一开始就知道是情书，她还会碰吗？不行，那样做太过危险。怎么办啊？吾助冥思苦想。这样吧，反正想藏也藏不住。他鼓起勇气，将四五张日本纸对折后，饱蘸墨汁，或浓或淡，洋洋洒洒间故意写得乱七八糟。最后特意装订整齐，在信封上也写好文字。一张信纸，写不下许多，但盼精心的构思能使自己的计划进展顺利，只待天明，正是因为不想被人知道才不管字迹的好坏。此处邻近一片草丛，为了小心警惕，特意设计成宜居的茅草屋顶。“这个园丁真是非比寻常啊！”人们纷纷夸赞。

①此处出自壬生忠岑的《古今和歌集》。名取川是歌枕；陆奥是日本古代国名，位于日本东北部。该句意为，不在乎外界对自己的评价，执意要与自己的恋人相见。

②日语原文“浜千鸟”，原指鸟儿在沙滩上留下的足迹，后世引申为笔迹、信件之意。

日影斑驳，春光融融，晨露团团，花瓣沉沉，清风扰醒了蝴蝶的清梦，好一片静谧的晨景。甚之助兴致勃勃地跑到院子里来。

“小少爷。”吾助立马招呼他。

这个园丁笑容满面，拄着扫帚的双手一动不动。

“吾助，听说你会画画啊？”小少爷突兀一问的样子很好玩。

“是，我不但能写会唱，还会骑马射箭打球，看我喜欢什么了。”吾助笑着说。

“那你给我画一幅吧。昨晚上我跟姐姐打赌了，我们说好要是我输了的话，姐姐就把小刀收回去。这都是因为吾助啦，我说吾助会画画，姐姐却说不会。要是认输，那不就可惜了嘛。相信你的画技肯定能让姐姐大吃一惊。别推辞了，就现在给我画一幅吧，别管什么扫帚了。”说着就把扫帚夺了过来。

吾助有些为难：“我过会儿就给您作画，现在您先随我到房间来吧。我是给您画一幅骑马武士，还是山水画呢？”吾助想要蒙混过关。

“不好不好不好，你要是现在不画，说什么都不行。要是说以后再画，那么我就输了。因为我不想我的小刀被拿走，现在立刻马上非画不可！我能从姐姐那里借来纸笔。”小少爷一把扔掉扫帚想要狂奔出去。

“请稍等。”吾助急忙阻止少爷，“如您所说，立刻作画也不是不可以，但是画不好反而会被姐姐嘲笑，然后她也会说是少爷输了。要不这样吧，画画的事情以后再说。比起作画，吾助更是和歌名人哟，在乡下的时候还是老师呢，要是将我的和歌拿给姐姐看，保准让她叹为观止，这样才能彻底保证少爷的绝对胜利。”

“早说你会和歌不就好了嘛。”甚少爷死乞白赖地撒娇道。

吾助从怀里抽出装订好的小册子：“这可是非常重要的和歌，最好不要让别人看到。少爷要想赢，就要对别人保密，只拿给姐姐看，要快速、悄悄地，拿给姐姐看。”

然后折叠三四次后，塞进甚之助的怀里。

甚之助一派天真，不管什么都记挂着。

“担心不要弄丢了，不要让别人看见！”吾助反复叮嘱。

“快点儿出去吧。”最后说了一句。

其实，他还想朝着两手抱在胸前、一心往前跑出去的甚之助喊一句“不要丢了啊”，结果没有喊出口。猛然间才注意周围，轻抚花儿的微风是在笑我吗？虽然没有别人，可还是觉得很害怕。他匆匆忙忙打扫着庭院，唯恐碰见别人。没想到，阿敏是这么一个胆小鬼呀。

实际上，他并没有人们所想的那么害羞和害怕，对于女性友人，也只是当作令人尊重的朋友。若是二人相对而坐，一般也无话可说。可是小姐不同，小姐的三言两语都会让他羞得面红耳赤、害怕至极，这些情况也是只有经历过的人才会懂得。

甚之助抱着信来到姐姐房间的时候，小姐姐也在这里，她们正在做手工艺品。他想现在拿出来不太合适，小姐姐应该什么都不知道，而且吾助也嘱咐过。

“甚少爷也来我房间里玩吧，可以去打台球哦。”小姐姐还邀请他去玩。

“快点儿走吧。”甚之助啪嗒啪嗒地打开拉门。

“姐姐这边。”小少爷将怀中的东西露出半边。

“吾助不仅画艺高超，还是个有名的歌人呢。吾助说你要是看过后，我一定会赢的。要是我赢了，小刀还归我，还有姐姐的橡胶娃娃，也说好了要给我。请给！”他把手交叠在一起。

小姐微微一笑，摇着头道：“才不才不，我们约好的是画不是和歌，橡胶娃娃不给你。”

“但是姐姐，这个和歌很重要很重要，吾助叮嘱我说不要弄丢了，也不要给别人看见，肯定比画要好。你必须把娃娃给我。”甚之助伸出胖乎乎的小手。

小姐心无旁骛地打开和歌纸稿，一行一行读了起来，最后无言地把它放进了文卷匣子里。

甚之助满腹狐疑地抬着头：“姐姐，娃娃给我吗？”

“给你。”姐姐微微颔首。

甚之助开心地跳起来：“我赢啦，我赢啦！”

第四回

假若心意相通，我的心便能安宁平静，这种想法太过肤浅。人一旦品尝过思念的滋味，便再也无法从无穷的思念中抽身，可是，情到底为何物，不过是空虚廉价的东西罢了。

阿敏为寄出的第一封信神伤不已，万一散落途中，可不仅仅是我一个人的罪过，毫不知情的小姐也会被牵连。暂且不论她的继母会如何处置，之后盘根错节的会生出多少事端啊！细想起来，我真是思虑不周，拜托给甚之助少爷真是失策。但是转念一想，又开始鼓励自己：这算什么，想我森野敏英明果断，既然能屈身为下层园丁，早就做好了发生此等波澜的心理准备。只是还不知晓小姐的心思，虽然甚少爷顺利送到了信件，但要是被她无情退回就惨了。不管怎么样，还是等待小少爷的回信吧。

那天傍晚，他看到小少爷抱着一个洋娃娃，那模样比任何时候都要高兴呢。

“正是因为你的和歌，我才会胜利的。你看，我拿到这样一个娃娃。”甚之助得意扬扬地来见吾助。

“姐姐看了和歌，说了什么没有？”吾助问道。

“什么也没说，只是把和歌放进小匣子里了。下次再写一首那样的和歌吧，拿给姐姐看才好。要是你得到夸奖，我也会高兴的。”小少爷娇憨可爱。

看样子比想象中还要有希望，吾助继续变着花样讨少爷的欢心。

“想必姐姐一定很擅长和歌，吾助很想拜读一番，近来恳请姐姐回一首和歌给我吧，给我一篇废稿也无妨。请务必，一定要在此处告诉我答复。”吾助说。

等了一日、两日，直到三日后还是没有消息。阿敏心里十分苦闷，每次见到少爷都会装作若无其事的样子暗示催促。

“我也想让姐姐给我啊，但是姐姐不给我呢。”小可怜，还受着夹板气，也是为难他了。

孩子的心灵也会受到人情义理的牵绊。小少爷周旋在他们两人之间也徘徊不安。这次阿敏千叮咛万嘱咐，把那数不完的相思写在信笺上。此时，他多希望自己文采斐然。

仔细打量一番，阿敏也算得上是美男子，鼻梁高挺，两眼炯炯有神，丰润的脸庞看起来和善柔和。不愧是品学兼优之人，就算是当园丁也没有放弃自己。

“吾助……吾助……”

厨房那片吵吵闹闹。“穿过茶水室，大奥更深远，未婚夫还在留洋呢。我们大小姐啊，每天睡醒后就对着照片说话哩。”

吾助折下一枝墙角的樱花，一丁点儿的小事也小题大做，陷入恋情的人眼里只有对方，没有别人。一念成痴的他早已不是从前的阿敏了，可惜，二十四岁正当读书的年纪，竟然被爱情困扰，怎能不觉得惋惜？他在甚之助后面奉承溜须，在不会表明心迹的书信上动脑筋。事情出乎意料地顺利，小姐收进文库匣子的肯定是我的东西，再次鼓起勇气吧。自此之后又送过几封信件，虽说依然没有回复，好在也并未被无情退回。

“她打开信纸读过了吗，还是没有？”

但是甚之助含含糊糊，不得要领。

这次提笔，那几寻[①]之长的思念化为锦字，沦落到这般地步连自己迷惑了。他送出信件后深深叹息，面对甚之助更是愁绪满怀。

“姐姐是真的讨厌吾助吧，看过那么多首和歌，却连一首回复都没有，而且还叫你来回传达。身为堂堂男子汉要是继续留在府里，可真是没羞没臊了。我还是请假还乡吧，但是少爷请听我说，吾助的父母早已亡故，后来跟妹妹一起生活，我们关系非常好，但现在妹妹也已去世，只留我一人孤苦伶仃。我

①日本度量单位，表示水深或长度。一般表示水深时，一寻约为 1.816 米；表示长度时，一寻约为 1.515 米。

那妹妹长得很像你姐姐，多希望她能活着啊。我过于思念妹妹，所以每次看到小姐，就会想起妹妹。哪怕是一些写完扔掉的废纸也好啊，我多么希望能带在身边。哪怕拜读一笔也行啊。可是卑微如我，再怎么期盼也是徒劳吧。骂我无礼什么的也没关系，如果我的行为引起小姐的反感，那么就请小姐尽情地讨厌我吧。与其这样没着没落的，还不如干脆利落些，看见小姐的回信后我也就明白小姐是真的讨厌我，那么我就火速离开这里。”

慢慢地了解到这事无果，也就能下定决心，但思念好比流水绵延不绝，怎么会停止流淌呢？不过下定决心，慢慢便会断念死心吧。

“今天再送上书信一封，希望能得到明确答复，那么我也可以跟小少爷告别了。”阿敏的话语虚实交错，为了博得小孩子同情，他可怜巴巴地拜托道。

甚之助本来就偏爱吾助，希望自己好歹能帮上一点儿忙。他一心想见到吾助开心的样子，迄今为止，几封信都在别人没有发现的情况下安全投递成功，只是他也不了解姐姐的意思，为回信所烦恼，而吾助急迫的言辞也让他惆怅不已。

“今天我一定要拿到回信。你要是高兴的话，就不再回乡下了吧？请你一直住在这里吧。突然回乡下什么的，真讨厌。”甚之助哭着说。

阿敏替小少爷擦拭泪水，他反而哭得更加伤心了，紧紧抓住吾助的手哭了许久。小少爷还是纯真无邪的年纪，吾助突然辞工这件事一定会深深印在他的脑海里。

今夜掌灯时分他去拜访姐姐，将吾助所思所想全盘托出。

“我求求你，回一封信吧！从今以后我绝不任性也不再搞恶作剧，不要让吾助回老家呀，让我们还像之前一样玩耍吧。请回信吧。吾助说了，只是稍稍几笔就可以，这张纸上写点儿什么就行。吾助就算是回到老家也没有容身之处，恐怕会变成乞丐，要是这样的话，我无论如何都不答应。请务必看看信，随便说点儿什么。好吗姐姐？拜托你了，拜托你了！”甚之助合上通红的小手，可怜兮兮地恳求。

女儿心柔软，感情之事常会令她们梨花带雨。“好了，管他是土包子还是园丁，难道就非要讨厌喜欢我的人吗？”小姐百般纠结。

还没来得及询问答复，甚之助被叫回母亲那里。待弟弟依依不舍地出门之后，小姐抱着书信彻夜哭泣。

第五回

二十载的年华转瞬而过，独自凝望着落英缤纷的余晖，小姐似乎想起了什么。她萌生了移居别墅的念头，那别墅好像是在镰仓[1]的什么地方，去年刚购置，虽还未见过，但是据说别致清幽，还栽有名贵的松树，是父亲的骄傲之一。

“长大后我一直随性生活，但是我还有一个心愿，我很想去镰仓那里生活。不是曾经说过等甚之助长大后，就把镰仓的庄园送给他吗？在此之前就让我去当看家人吧。这样父亲也可以偶尔过去游玩，无须拜托别人照管，也会减少很多不便。请允许小女移居镰仓吧。那儿海风轻柔，白浪滔滔，还能拾取小小的豆满月蛤[2]，望您能满足女儿的心愿。”

不论小姐有什么苦衷，正值月花美好的年岁，又有倾国倾城的容貌，怎么像是没有镜子不知道自己的模样似的。外人听到也不会高兴，父母又该怎么办呢？

其实小姐想要隐居，也有足以说服父母的理由。

“与其勉勉强强滞留京城，看着姐姐们花枝招展徒增愁闷，不如依了她。要是愿意住在那里，就过去吧。”父亲渐渐理解了女儿的心思。

“哪怕与爱琴为伴，和着松涛弹唱，至少能纵情肆意些。父亲若能恩允，就是对女儿的无上恩宠。”

“好的，就依你吧。路途并非太远，只是你要是过去，我

---

①位于日本神奈川县东南部，濒临相模湾。

②贝类动物，呈桃色花瓣状，有光泽，栖于浅海沙底。

们会担心，姐妹们也会感到孤独，甚之助不久也会想你，要是二姐姐不在就闹着不睡觉，朝夕之间的无赖吵闹也会增加，其他姐姐们也会增添很多苦恼，现在暂且再留在家中吧。”母亲态度和蔼地劝解。

“光允许你过去也没有用，还需要做各种准备，挑选老实忠诚的女佣，何时何日动身还要再商议。”

甚之助无比懊悔，先是在父亲面前唉声叹气，又跑去跟母亲抱怨：“大姐和三姐也如愿了，我恨她们欺负二姐姐要把她赶出去，我也要去那个地方。”气势咄咄逼人。

面对一重，他更是毫无止境地耍赖，一哭就停不下来。

“姐姐为什么事情生气要去镰仓？要是去半个月一个月的没关系，可大家都说你不知什么时候才能回来呢。”

“不管别人说什么，都是骗人的。”

“你要是去了镰仓，肯定就不会回来了，与其自己孤零零地留在这里，还不如跟你一起去呢。我也不回这个家了，我讨厌爸爸，讨厌妈妈，我要抛弃所有人跟姐姐一起去！”

小姐禁不住落下泪来，却冷静地晓之以理：“别哭了，别说孩子话了，说什么到镰仓后就不回家了。谁这么说的啊？那是唬你的。我只是想出去看看，很快就会回来的，所以你就安心等我吧。退一步讲，就算我不回来，但镰仓那儿是你的府邸，在你长大之前我会给你看家。要是这次你真的跟过去了，那才是真的寂寞呢，不久你便会厌烦那里，会想念妈妈。所以你在东京要乖乖地长大成人哟。”一重小姐满含歉意地抚慰着弟弟。

于是，小少爷不再淘气，抽抽搭搭地哭泣着，完全没有了平日的朝气，无精打采的模样叫人心疼。

小姐打算移居镰仓的消息街谈巷议，阿敏听到后胸口一阵惊慌，一阵恍惚。随后详细地询问甚之助。

“没错。”说到一半，甚之助就泣不成声。

“无论如何没办法阻止吗？”小少爷还拜托吾助想办法。

“该怎么办才好……”吾助抱着胳膊，没有主意。他甚至羡慕甚之助可以不顾别人的目光垂头耷脑。他心里空虚，扫地时也觉得扫帚碍事。我落到这步田地到底是因为谁啊？无情的小姐啊，不知道你这样做有什么缘由，可怜我竟被你抛弃于此。不行，在她离开之前我要见她一面。听说她明天早晨便要起程，今日他丢下所有事情卧床一天，苦恋深深地牵绊着他的灵魂。

一扇之隔就是小姐的闺房，今夜不再留恋不舍。这颗心宛若没有月亮的春夜天空，暗暗沉沉，寂寞空庭落花寥落，待寂无人声小姐入睡之际，阿敏悄悄来到小姐的房前。

深夜，屋檐下的风铃凄凉清冷。

“明日，我肯定会无比怀恋这里吧，还有这个房檐这个房间，特别是甚之助，爸爸还有妈妈，以及平日里不怎么样的姐妹们。”想到思恋的人和事，她越发恋恋不舍，辗转反侧默念着愁思。方才，甚之助片刻不离，本来说今晚就让他睡在这里。还是母亲考虑周到，说：“明天早上会很麻烦的。”甚之助走后，四下里骤然孤寂。明天就要去镰仓隐居，甚之助也只会思念一时，哭泣一时吧，时间久了，一定会慢慢淡忘，也会跟姐姐们熟悉起来吧。我却无法排遣忧愁，对他的思念也会与日俱增，没有什么可以比得上他的笑脸。爸爸更是如此吧，远远相隔，我只能回忆他的面影，那种思念要比在他身边的时候浓烈十倍，他深沉慈爱的声音怕是会久久萦绕在耳畔。不过正因如此，才必须离开，这越发激烈的愁思让人痛苦，怕是忘不了吾助。饶恕我吧，吾助，我一点儿都不讨厌你。不过，我不该恋爱，只能抽身而退。

空蝉之世早有先例[①]，你恨我也好怨我也好，为了让你讨厌我，才出此下策。我珍惜你寄来的书信，因此才没有拆封，秘密地藏在小匣子里，就让你成为我一生的朋友吧。长日漫漫，想必我会在忧愁苦闷中度过吧。我潇洒地放弃所有事情，但愿能不忧不惧聊尽余生。

春风拂过，花朵娇艳惹人醉，人非木石，孰能无情？

今夜无月吗？为了心里舒爽一些，将双手按在胸前，却渐

---

①此处指一重母亲的故事。

渐感受到内心的悸动。小姐紧紧咬住衣袖伏身啼哭。夜风起，似要勾人心魄。

一颗悸动的心再也抑制不住，静伫屋外的阿敏推开角门。今夜，农历二十日，月影朦胧悬挂半空，庭院里树丛幽幽暗暗，仿佛孤徽殿的游廊一般幽玄，这是阿敏绝无仅有的时刻。

第六回

道不尽的前尘往事，诉不尽的前缘因果。一重小姐讲述了她不能恋爱的理由，以及令人闻之断肠的身世。春夜深浓，薄寒料峭，卧房的灯影闪闪烁烁，灯花暗淡。

原来，一重的生母名叫阿花，是香山家的小姐，和当今子爵是一母同胞，二人有着“香山双璧”的美称。虽说阿花美色更胜一筹，却从不会抢兄长的风头。她文静有礼，才艺双绝，而且尤善抚琴。月华下，她独调玉琴，泠泠清音回响于无垠的夜空，忽而天空阴霾，一帘云影落在衣袖，云影花阴中，连黄莺都驻足倾听、学习曲调。

子爵对这个失去双亲的妹妹无限宠爱，甚至超过了自己的孩子们。他精挑细选想为妹妹选择良婿。二八芳华的小姐仍待字闺中，就在那年，春风掀动小小竹帘，将初绽放的樱花吹落满袖的时节，阿花与那个英俊潇洒的马回[1]相遇相知。不过一介草民六三跟小姐相比，简直是云泥之别，二人怎能发生恋情。相爱的誓约不过是幻梦罢了。兄长早已看出端倪，某天乘马远游，归途中到一家荒野茶店休憩，子爵将女人们打发走，对六三说明缘由让他死心。子爵话语慈悲明理，六三才察觉事情暴露，他翘首合掌，当下表明心意。

主公仍对他温和礼让："六三，放手吧，你从府邸搬走吧。我一直都很器重你，本想赏你所有心愿之物。不过你面对的是七万石石高[2]的先祖，面对的是守护皇室的藩屏[3]名号，光是这些就不能让你们公开关系。一旦败露，那么小姐也无法在官邸立足。这是我唯一的妹妹，而且父母老来得子……一想到这是二老的遗珠，便悲从中来。你若能表明决心，我才能安心，小姐也不会受伤。彻底了断，快些离开这里吧。考虑到你以后的生计，特赐给你包裹一个，我知道你离开官邸后一个钱也没有。"

六三眼睛连眨都不眨："在下罪该万死，就算被斩首，也不会有丝毫怨恨，主公您这番话情深义重，在下定当铭记于心。身为堂堂男子汉却毫无用处，虽说鄙人出身下贱，但从不认为感情可以用金钱来衡量。从今往后人生五十年，绝不再与

---

①大将的随从和身边武士，平时担任各种职务，是藩政的执行者。

②石高制是日本幕府时代用以表示生产力的一种制度，以石为单位，也以石高来衡量俸禄。

③守护天子的重臣。

小姐有瓜葛，甚至梦中也不会提到小姐！您无须用金钱让我闭嘴，我绝非贪恋钱财之人！”

六三将包袱推回去，痛心疾首地郑重道歉，而后便告辞归乡，没有跟日思夜想的小姐好好告别。小姐生来高贵，如果离开这里又能寄身何处？越是难以忘怀，就越要下定决心忘记。六三含泪吞下“义理”二字，心却无法离开官邸。

闺阁深处幽怨的小姐听闻了六三归乡的消息后，整日郁郁寡欢。即便如此，情深义重的哥哥并未降罪于我们，已是不胜感激。身为七万石功勋的后代，被父母视作掌上明珠，怎么能做出连瓦片都不如的淫乱羞耻之事呢。只是思念实在煎熬，她只能以泪度日。年幼无知，哪知多愁之身又添愁云，此刻，阿花已有了五个月的身孕，她痛彻心扉，真想一死了之。此后不见人不思想，只是一心寻死，不再踏出房门半步。她悔不当初，可如今又该向谁诉说。这将是祖先的耻辱、家族的污名，我让父兄无颜面对众人。她自责不已，白昼黑夜都无法入眠，憔悴消瘦，不成人形。兄长更是手足无措，他命人准备医药为阿花调理身体，亲自侍奉左右。阿花却愈加悲痛，最后沉默不语，只是一味哭泣。

怀胎八月产下一名婴儿，不足月的孩子呱呱坠地，是个如花似玉的女孩儿。阿花给孩子留下“一重”这个名字，便随飘落的樱花散入虚空。六三不知从哪儿得知此讯，悲痛不已：“小姐的死都是因为我。这短暂的缘分，可怜的尘世，为什么只留我一人苟活？小姐，等我，我的心与你同在。”

子爵将阿花的红绉绸捋腰带[①]赐予六三，他望着小姐遗物啜泣不止，最后于胸前层层缠绕，消失在了大河的波浪中。

阿敏这才恍然大悟，原来一重小姐竟有如此悲惨的身世。“在思念爹娘的梦里，我这朵无法绽放的樱花都在怨恨微风，因此独居的念头越来越深。我努力隐藏着自己的身世，而人们正是不解内情才会捕风捉影，最终我为香山小姐的浮名所扰。舍去众生，处在随心之境了断一切情念，无情二十芳华中独守空房。一念固执，无法撼动。”

精诚所至，阿敏如万箭穿心，时至今日才了解到小姐的身世。

“我怀抱书信，深夜徘徊，我吃惊于自己这颗脆弱的心竟如此无情。我担心长此以往，会生出难以自持的感情，但隐身于镰仓，就会忘记这个人，就能斩断情丝，今晚我决心已定。”

阿敏抓住衣袖恳求道：“倾其所有的勇气现在已消失殆尽，就算被别人发现所思，我的心也不会发狂。”两人对坐灯下，这注定无法实现的恋爱让人痛苦万分，阿敏诉说着自己的初心，他怨恨地倾诉自己的悲伤。

“不胜感激。”一重梨花带雨，“我从未拆开您充满情谊的

---

①日本女子腰带的一种，将适当长度的整幅布捋成一定宽度，系在腰间。

信件，请看，依旧完好如初。”说完，打开文卷匣子。

果然是因为我，可此时真是悲喜交加。

“您前途无量，将来会成为了不起的大人物。仔细想想，大好的黄金年代正是男儿读书时，如果因为我而荒废，那绝对不行。其实，所谓恋情不过是虚无缥缈可悲的东西罢了。我这悲惨的身世，想着一些不能对外人道的事情，只是可悲的恋情吧。我的父母有着不堪的过去，不该说的事情我会永久封存于心，父亲自然是，母亲也是，因为我们要把家族的耻辱隐瞒下去。我从未将这些话说给别人听，今天是这辈子唯一一次敞开心扉。让您听到这么忧伤的身世。”一重尽情地流泪尽情地倾诉。

春夜拂晓将近，天空中传来啾啾鸟鸣，像是在催人上路。

“从今夜起，您留在都城，我前往镰仓，自此别后，不知何日才能再次相见。世皆无常，会必有离。从此天涯海角，你我两地相悬。那么，请不要再多赘言。”

“我谨遵小姐的吩咐。”

黎明风起，月色暗淡，从今以后小姐会如何改变？阿敏又会如何改变？眺望天空，那一弯冷月且当临别纪念吧，阿敏絮絮低语。

吾 子

如果自己夸自己孩子可爱，一定会招致别人的嘲笑吧，因为没有人会讨厌自己的孩子。若总是因自己的宝贝儿沾沾自喜，可能会成为别人的笑柄。所以我绝不会说出那样自大的话，但是心里却疼爱得不得了，真想合掌跪拜，感谢苍天赐予我如此可爱的小人儿。

说起这孩子，真可谓我的守护神，这般可爱的小脸，天真无邪，我从这无邪的笑容中学到了太多太多。在学校读过的书，老师教授的道理，确实大有裨益。但是每当遇到什么事，首先浮现在脑海里的则是这孩子的笑容。粉嫩嫩的笑颜阻止我想要离开的双腿，抚慰我一颗躁动的心。

孩子安然地睡在小豆枕头上，两只小手随意舒展，天真的睡颜跟大学问家在我面前高谈阔论可不一样，我从心底涌出热烈的泪，就算再怎么强硬任性，面对纯真的孩童是再也耍不出威风了。

他在去年年尾时分呱呱坠地，当别人抱来把这红扑扑的小脸给我看时，我还处在迷茫之中。现在再回忆，真觉得自己无情至极。唉，你为何会平安降生？如果你不幸夭折，我就可以顺理成章地回娘家。因为我一刻都不想待在这种丈夫的身边，你为什么这么健康啊？唉，真是的，真是的。往后怕是要牵绊一生，我将永远要在黑暗中生活了吧。

人世无聊，命运悲惨，我心里只有这种想法。人们前来向我贺喜，但我感觉不到一丝喜悦，只觉得日子乏味无趣，一个劲儿地钻牛角尖。可是话说回来，当时要是换成别人，说不定也会想要放弃一切，即便是心思活络之人也定会认为世间无情无义吧。什么是对？什么是错？产生这种念头绝不只是我狂妄的缘故，一定、肯定有谁也会如我这般抱怨人生的。我没错，我没有做错，所有的冲突都是丈夫故意而为。不管三七二十一，我盲目地恨着他。后来，我又开始怨恨我的娘家亲戚，也就是把我养大的舅舅，我恨他故意把我嫁给这种人，让我吃尽苦头。我没有做错任何事，就是因为温顺乖巧才奉长辈之命嫁为人妇，最后落得这么凄惨，宛如盲人跌入幽暗的谷底。究竟有没有神啊？神明你到底在哪里啊？我真的非常痛恨他。因为他，我也痛恨当下这个世道。

有个性是件好事，否则，绝对经不起磨难，也有人说个性软弱的人像海参似的软琅珰。不过时异势殊，人不能一直由着自己的性子展示自己的性格，女人尤其要注意，最好能心领神会学会隐忍。但是我这种喜怒形于色的个性，别人应该不喜欢，会觉得我没有涵养没有修养吧。所以很多人都会觉得我的丈夫娶了一个相当没劲的老婆吧。虽说现在大言不惭，但当时的我可从未反思，也没体谅过丈夫。他脸色一不好，我也马上气不顺；他嘟囔一句，我就发火，虽说没有顶嘴，可是我不说话不吃饭，还迁怒于下人，躺在床上什么都不干也不是一次两次了。虽然性格执拗，但执拗地毫无意义，平时爱哭鼻子也只能咬着棉衣袖子偷偷哭，只是悔恨的泪水罢了，不能痛痛快快大哭一场。

我嫁过来也有三年了，起初两个人可以说是相敬如宾。互相熟悉究竟是好事还是坏事呢？时间久了，隔阂却深了，两个人都开始任性起来，越来越为所欲为，对彼此只剩下不满。而且我又是个好胜的性情，越发熟不拘礼，便开始指点丈夫在外面的事。“你总是瞒着我自己出去游乐，从不跟我讲外面发生的事，这样我们会心生嫌隙。”我恨恨地说。

“我怎么会跟你见外呢，不是什么都跟你说吗。”他根本不把我当回事，自顾自地笑着敷衍。

他出去玩乐的事情，我其实一清二楚，真让人受不了。一旦怀疑一件事，那么接下来就会有十件二十件事情让我疑心。一天到晚总是疑神疑鬼，总是觉得怪怪的，越想越乱，无法自我调节。现在回想他顶多也就是瞒着我在外面玩一玩吧。怎么说，因为女人家嘴快，他不可能将公事讲给我听啊。就是现在，我也知道他还是有很多事情瞒着我呢，我深深地理解却不带一丝愤恨了。不该说的话绝对不说，这才是丈夫的可贵吧，我那么哭闹那么怨恨也不跟我一般见识，这更是丈夫的闪光点。那个时候要是他对天真的我透露了某些工作方面的事情，真不敢想象会发生什么。即便他没说过什么，家里总是人来人往要我帮这帮那，而且还有人交给我一些奇奇怪怪的东西，总是特意来为难我，说什么这次裁决的最终结果关系到他的生死，什么原告啊被告啊，前来游说的人不胜枚举，但我一律不管。但我不是以山口昇裁判官妻子的名义义正词严地回绝，只不过因为家里乱作一团让我无处分心而已。我哪有闲情去听那些无聊的客套话，索性一个人清清静静来得洒脱。

也多亏了这么想，才没有落得受贿贪污的恶名。但隔阂却愈加坚固，笼罩心头的云雾也愈加深重，最终导致彼此无法理解。仔细想想，这都是我做得不好啊，一定是因为我不会做人才导致丈夫的心思渐渐拧巴，都是我太过分了，才造成现在的局面。

我落下悔恨的泪水。

在关系最僵的时候，我们互相不理睬。他外出，我不问，他也不说，要是他不在家时有人过来，不管多么火烧眉毛我也绝不会拆开信件。说是妻子，还不如说是个看门的木偶更合适。我收了信就赶人家走，那种冷淡无情的态度，丈夫发怒也是在所难免的。刚开始也会发几句牢骚，有时理论，有时劝解，有时安慰，可是我实在固执，将丈夫的内敛含蓄作为继续放肆的资本，怎么可能为那一点儿温柔就改变执拗的心性呢。丈夫也吃惊于我的行为，只能撒手不管。吵嘴时还好，到了两个人一言不发互相瞪眼的地步，所谓家，只是屋顶、天井、墙壁的组合罢了，甚至比夜宿在外的寒露更显冷清孤寂，涌出的热泪结成冰也不奇怪。

说到底，人总是自私的，好的时候不会想起那么多的事情；悲伤的时候，别说一些恶心人的话了，那些陈年往事，将来啊，更好的，美好的，完美的，越想越多，越是想起这些美好就越会讨厌现在，讨厌得不得了。好想逃离啊，希望斩断羁绊，只要能离开这个鬼地方去哪里都好啊，一般都会有这种想法。是的，我也不能免俗。于是我开始做白日梦，我不应有如此厄运啊。还没有嫁到这里之前，在我还是小室家养女的时候，有很多人关照过我，上前说媒的人踏破了门槛，相亲对象中有当海军的潮田先生这般显赫的人物，还有像细井先生这样的白面医生呢，可是阴差阳错我找了这么一个沉默闷头的丈夫，可能是一时之错吧，但要是将错就错度过如此无聊的一生，简直太悲惨了。我从未想过从自身找原因，只是怨恨着别人。

我变成了一个无聊透顶无所事事的妻子，无论多么体贴的丈夫也不可能喜欢这样的妻子。丈夫从办公室回家的时候，虽然出门相迎但只是例行公事罢了。对坐无言，我一句热乎话也没有，他要生气便生气，爱怎么样就怎么样，我对他极为冷淡。丈夫忍无可忍，噌地站起往外走去。他能去哪儿呢，不过就是花街柳巷吧，要不就是招艺伎游乐的小屋。我当然是恨得咬牙切齿，不过说真心话，是我自己故意耍性子把家里搞得乌烟瘴气，丈夫才出去游乐的。是我，让他选择了放荡游乐；是我，让他彻底变成一个不着家的浪荡公子。

我的丈夫绝不是那种容易受艺伎迷惑的纨绔子弟，他定不会吃喝玩乐一心只想纵情沉溺。他不是的，他只是觉得心里不痛快，抑郁的心情得不到纾解，想要一醉解千愁，但是越喝越愁，他总是面色沧桑，额头上青筋暴突。他说话越来越粗鲁，稍有不顺就跟下人大吼大叫，对我也总是一幅睥睨不屑的模样。虽然没有骂我，但那神色别提多别扭了。现在的丈夫再也没有往日的温情了，恐怖得可怕，一直摆着一张苦瓜脸。我在他身边也是一副怨妇的模样。面对这样的主子，用人也难受啊，大概一个月就换了两次女佣，总是有些丢失东西或是物品损坏的事件发生。为何这些无情无义之人总要来到我身边呢，还是说人世本就是这么无情无义，抑或是老天故意为难我，将我身边的人全部变得冷酷无情呢？我周围没有一个可以信赖的脸孔，真是烦人。我索性破罐子破摔，再也不愿意讨好任何人。丈夫的同僚来家做客，餐食也都是他在准备。若他不说什么，我绝不会从旁插手。客厅都交由女佣们忙活伺候，我总是借口牙痛啊头疼啊不露面，不管客人是否在场，我总是任意为所欲为。即便有人跟我搭话我也不回应，别人会怎么看呢？一定在背后叨咕："山口君定是倒了八辈子血霉才会娶了这么个倒霉媳妇吧。"

那时候丈夫要是说出"离婚"这个词，我定会一口答应，我恨不得他休了我。我只会怨恨自己时运不济，只会悲叹自己倒霉、不幸、委屈，天下只有自己最可怜。怎么着随他便，愿意去哪儿玩就去哪儿玩。我自有主张，坏就坏吧，万一能好那才是老天爷的恩赐呢。如果我始终被这种歪理邪说支配，如今会变成什么样子呢？一想到这里就会不寒而栗。幸亏丈夫没有跟我提出离婚，幸好他把我留在家中。是不是他积郁难忍，与其跟我轻轻松松离了婚还不如折磨我来得痛快呢？我无从知晓他的想法，不过如今我已无怨无恨，对丈夫也没有一丝丝恨意，因为曾经的痛苦，才能体会到今天的快乐。要是自己想通了就没有人能是我的敌人，比如那个毛毛躁躁大嘴巴的小仆人阿早，还有那个可有可无、只会顶嘴的厨娘阿胜，大家都是我的恩人。我身边有这么多好姑娘，"咱们太太对下人最好了”虽然是假话，但是听着也高兴，下人们的消极怠工其实反射出了我的心，我终于体悟到这一点。世间没有无缘无故的魔鬼，就连神明也不会去折磨没有坏心眼的人。要问这是为什么，看，像我这样一个万事不得章法的人、一无是处的人，只因没犯过什么大错就赏给我一个这样可爱好看的孩子呀。

孩子刚刚出生的时候，我还被愁云惨雾围绕着，刚生产完心情还没有恢复晴朗，但是不由得生发出一种怜爱疼惜的感情。听到他呱呱坠地的一声，虽还有些气不顺，可要是谁想偷偷带走我的孩子，我一定舍去所有的倔强和固执——“这个孩子谁也不能碰，这是我的孩子。”我一定会紧紧地抱住他。

丈夫跟我的想法是一样的，这也是孩子教给我的道理。我抱着孩子，“宝宝你不是爸爸的，你是娘一个人的哟。娘不管到哪里去都不会离开宝宝的，我的宝贝我的宝贝。”我亲亲他的小脸蛋，他呢，好像懂事儿似的，咧开小嘴笑了。咯咯笑的样子真是可爱极了。这哪里像是那么冷酷的男人的孩子啊，这是我自己的孩子。正这样思索的时候，丈夫从外面回来了。他一脸不快的样子坐到孩子枕边，生疏地拿起风车：“转转，你看啊，这个家里只有你能给我安慰了。”他用那张黝黑的脸靠近宝宝。我以为宝宝会被吓哭，谁知他竟绽放了无垢的笑容，那笑容跟朝着我笑时一模一样。那个时候的丈夫，捻着胡须说："你也觉得孩子很可爱吧？"

"那是自然。"我冷冷地回应。

"啊，你也是很可爱的哟。"有别于以往，丈夫难得幽默。他放声大笑的样子，无可非议地真的很像宝宝。我喜欢宝宝，那为何会如此憎恨丈夫呢？我要是对他好些，那么他也会对我好。俗话说三岁小儿教涉水，教给我做人道理的就是这个还不会讲话的小宝宝啊。

行云

上

酒折宫[①]、山梨冈、盐山[②]、裂石、差手，东京人很少听到这些拗口的地名。穿过险峻的小佛笹[③]，渡过令人头晕目眩的猿桥[④]小河，就来到鹤濑、驹饲这些平凡的小村庄[⑤]。胜沼町也不过相当于东京的偏僻郊区，甲府[⑥]地区才有几座高楼，虽说保有杜鹃城等一些古遗迹，但不知何年何月才能等到通火车的日子。

如今再没有人坐上马车和人力车颠簸一整夜，去观赏惠林

①位于日本山梨县。

②位于日本山梨县东部、甲府盆地东北部。

③位于日本关东山地南部、高尾山西北。

④日本山梨县大月市桂川上的木桥，无桥桩，日本三大奇桥之一。

⑤鹤濑、驹饲均为地名，都是日本山梨县甲州市的村落。

⑥位于日本山梨县甲府盆地中央，县府所在地。

寺[1] 的樱花了。野泽桂次只在每年暑假回一次故乡，当别人都去箱根伊香保[2]的时候，只有他一人不得不翻山越岭，在甲斐山间的云彩中若隐若现。但像今年这般离开东京走向八王子[3] 的郁闷心情，是从未有过的。

他去年就听说养父清左卫门身体欠佳，总是睡半天醒半天，但想到养父平日里身体很健康，应该不会有什么大问题，且医生也曾这样嘱托。本以为自己还能如云中野鹤般度过最后一段自由放达的学生生活，但前些日子老家寄来一封信：

“近来老爷身体虽无大碍，但是性情越发急躁，固执己见。一方面是由于上了年纪的缘故，身边人几乎无法讨得老人家的欢心，我们很是担忧。我是老滑头了，总能顶几天，可是老爷总是吩咐一些莫名其妙的事情，一旦提出就要人们马不停蹄地去办，实在为难。近来他总说想要你回到身边早日继承家业，自己得以退休安闲度日。老爷的要求在情在理，亲戚们商量之后也一致同意。说起来有些唐突，当时我头一个就反对你去东京念书，这样说或许有些失礼，但皮毛知识的确是可有可无的，而且还有赤尾彦少爷那样精神错乱之后从京城回家的例子在先。但你为人机灵，我们不必为此担心。可要是你成了浪

①信玄将军的家庙，呈现出传统的日本园林风格。

②即伊香保温泉，早在一千九百多年前就被发现，日本最古老的诗歌总集《万叶集》就有多首咏叹诗句。

③即八王子市，属于日本东京都辖下，位于东京市中心以西约四十公里的近郊。

荡子，那么就再也没有挽回的余地了。如今也到了跟小姐成亲的年纪了，更该尽早继承家业，我赞成他们的决议。想必你在东京还有一些待办的事项，望尽早处理妥当，千万不要给家里抹黑。‘那个大财主大藤家的少爷野泽桂次是个心地不干净的家伙，竟把自己的债务推给别人自己跑路。’千万不要留下这样的坏名声。随信附上一张汇票，不够的话可向上杉家借用，请务必干干净净地回家。如果是因为金钱蒙羞，那么我这个管账的下人就太没颜面了。上面提过，脾气暴躁的老爷正翘首以盼，一旦处理完毕请一日不要耽搁，火速归家。”

这封信出自总管六藏。收到这样一封信件，桂次心里说不出的难过。

如果我是人家的亲生儿子，就算是收到十封十五封这样的来信，也会毫不犹豫地回信，声明自己潜心学业，在未完成研究前不能回家，请原谅不孝之罪，等等。为人父母的也说不定会尊重他的意愿。养子的身份真让人憋屈，桂次是多么羡慕别人的自由呀，他觉得这次回到家之后，就跟被人用锁链拴住没什么两样。

可养子的身份把他从七个老人的穷困之家里解救出来。要不然，只能生下来光着脚丫，套着只能盖到屁股蛋子的短上衣，抱着便当去地里做农活；到了晚上不得不用松子代替煤油灯，哼着马夫调子打草鞋。只因他五官什么地方和那个溺水而亡的大少爷长得有几分相似，便被已故的地主夫人百般疼爱，还让他将原先尊称为大财主老爷的人改口称呼为父亲了。虽说这是求之不得的好福气，但世上从没有十全十美。这家有个姑娘名叫阿作，今年十七岁的她比桂次小六岁，是个地道的乡下姑娘。桂次注定要娶她为妻的。在没有离开家以前，他从没想过这种婚姻有何不幸，但是现在他连寄来的照片也懒得看了。一想到自己要娶她做老婆，在山梨东郡里那个穷乡僻壤蛰居一生，就连人人艳羡的造酒厂的富贵身家也不觉稀罕了。更可恶的是，继承家产之后亲戚们一定会横加干涉，我休想随意花掉一个铜板。说开了，我不过是个金库的看门人罢了。这样想着，那个不喜欢的妻子慢慢成了思想包袱。人间若是没有情义这个羁绊，他真想将钱财原原本本归还，把这个千斤担子交给别人。自己在东京住上十年二十年，哪怕一刻也不想离开，要是有人问他为什么，他能说出不想离开的完美理由。在这个地方，有一个舍不得分别的人，想到日后分别就再也看不见她，心里就烦躁不安，莫名地不痛快。

桂次现在寄住在养父的一个亲戚家里，按辈分叫作伯父伯母。十八岁那年的春天他第一次来到这家，那时他的乡下条纹衣裳上面还打着肩褶[①]，一身土气装扮还被人嘲笑。这家人帮他

①在儿童穿的和服肩部所缝的褶，用以调节袖长。

把八口[1]缝好。从改成大人装扮开始直到二十三岁的今天，他有一半的时间在外面租房子住，一半时间住在上杉家里，里里外外也在此家住了三年之久。这些年的相处中，桂次摸透了伯父难以取悦的个性，他简直是毫无道理的顽固乖张，唯独对老婆百依百顺；而伯母嘴巴超级厉害，无论对谁都是一副亲切和善的样子，但其实她只会为一已私利精打细算。经过种种事情之后他大致了解到相处之道，住在这个家里，在钱方面首先不能让他们吃亏，表面上要装出自己是个前来寄食的乡下书生，如若没有表现出来需要他家照顾的样子，伯母就会不乐意。她虚荣至极，竟然利用上杉的姓氏大做文章，充当宗族豪门，还让下人喊自己夫人，成天拖着长长的裙裾装模作样，稍微干点儿活就喊肩膀酸疼。说穿了，她不过是一介月薪三十元的公司小职员之妻，居然能摆出这么大的架势。不过呢，单单凭这些小聪明，还给她丈夫脸上也贴了不少金呢。

野泽桂次本来是个响亮正派的男人，背地却被贬低成安安稳稳寄住在他家里的食客，简直和门房无异，再没有比这个更让人窝火的事情了。单从这一点看，就没有跟他家交往的价值。可是呢，桂次总是离不开这里，虽然有时候下定决心找到

①和服的长着有八个开口：头、脚、右袖口、左袖口 、右振八口、左振八口、右身八口、左身八口。身八口和振八口是女用和服与儿童和服所特有，女用和服的身八口主要用来整理衣服，而儿童和服的身八口主要是利于系带的穿过，男孩长大成人时缝死身八口和振八口。

了住处，但是没过两周就又回来做客，从未断绝过来往，也是挺奇怪的。

其实伯父的前妻已于十年前去世，留下一个孩子名唤阿缝，也就是现任太太的继女。桂次第一次见到她时，约是十三四岁光景，唐人髻[①]上绑着一条红丝带，姿容温文尔雅。没有亲娘的呵护，阿缝看起来乖巧中又有一股可怜，桂次对她油然生起一股同情：我跟她都是寄人篱下的苦命人啊，事事都要照顾后娘的心情，就连对亲爹也是客客气气。

她平时话不多，第一眼只觉得这个姑娘温顺柔和，除此之外并没有特别出众的地方。若是父母双全，在温室中长大的女孩子，如果经常招人议论的话，大部分是由于她性子太野，被溺爱得过于任性，言行不谨慎再加上举止傲慢才会得到这样的名声。阿缝怕人说长道短，所以事事谨慎。所谓“小巫见大巫”，比起家里的阿作来他觉得阿缝更添了三分的不幸，久而久之更觉得阿缝凄惨无比。虽然不情愿看见伯母那不可一世的傲慢之态，但是一想到阿缝小心翼翼地伺候那份不可一世的傲慢，就算自己只在身边陪伴着她，安慰她，也是好的。旁人若是知道自己的心思肯定会笑话吧，但他发自内心地想要帮助她。阿缝的事情就是自己的事情，愿与她同喜同悲。如果丢下

①日本少女的一种发型，源自吉原花魁的发型，为桃花发型和银杏返绕型发髻相兼的发式。

阿缝，自己一个人回家的话，她肯定会孤苦伶仃的。可悲的是继女阿缝，没用的是身为养子的自己，于是他备感世间的无味。

中

世人都说，继母带大的孩子，尤其是女孩子，很少有脾气和顺阳光的。如果她稍微比别人愚笨，就会被人讨厌地说成心眼儿拧巴乖张；若是伶俐一些，则又变成了天生狡猾假仁假义的人；为人品行端正，就会被说成不合群，可能要被人欺负一辈子。

上杉家的阿缝姑娘，不只拥有令桂次神魂颠倒的秀美姿容，还会书法和珠算。她曾经上完了小学课程，就跟她名字“缝”一样，尤善针织缝纫，缝个和服裙子不在话下。其实她在十岁时候还是相当淘气的，经常令已逝的母亲皱起眉头，说什么“女孩子家家的”，因为衣服开线之类的也没少挨骂。

这个继母好像是父亲上司的情妇还是姨太太，众说纷纭也没有定论，总之她是个难以对付的人。究竟是为了维护关系不得不娶了她，或是父亲真的喜欢上了她，这里面的事谁也不清楚，反正家里完全一副老婆第一的架势，再也没有阿缝的立足之地了。她一说话继母就斜眼瞪她，她一笑就生气，学聪明一点儿就说她在背地里搞小动作，谨小慎微就骂她蠢笨傻。初初萌芽的嫩叶就覆上冰霜，年幼的她怎么能舒心呢，这哪儿是人过的日子呢，哭来哭去她眼泪都要流光了。想去跟父亲控诉，奈何父亲的心跟铁一样冰冷，他连一杯热汤的温暖都给不了女儿。外人就更没有可以倾诉的了。

唯一的期待就是每月初十去到谷中[①]的寺庙给母亲扫墓，还没把莽草[②]、线香这些东西收拾好，阿缝就抱着墓碑落下两行热泪："妈妈，妈妈，你把我带走吧。"要是母亲泉下有知，石头也会松动的。曾有过那么三四次，她把手搭在水井边上望着幽深的井水，但仔细一想，虽然父亲无情，但起码是亲生父亲，我要是自尽了一了百了，但传到别人的耳朵里，留下的则是无尽的耻辱，我真是太不应该了，她在心里跟父亲道歉。自己是死不了的，莫不如清醒地活着吧，就这样默默忍受着一般人体会不到的艰辛，平安无事地度过一生五十年的光阴。于是她开始拼命讨继母的欢心，讨父亲的喜爱，忘记了自己，从此这个家不再起风波。

外面的人都夸说妻子勤勉持家，怕是连仙鹤都想来房檐下

---

①位于日本东京都台东区西北部，日暮里地铁站西侧的地区，从江户时代起寺院众多。
②此指日本莽草，五味子科八角属常绿乔木，与八角相似，但有剧毒，不可食用，可用于制香供佛。

的小松上筑巢安家呢。但外人不知晓家中的内情，继母能说会道，几句甜言就把外人都给哄得团团转，比起将自己置之度外独自在黑暗中徘徊的女儿，自然是技高一筹，赢得了贤妻良母的好名声。

阿缝年纪还是太小，桂次对她好，她也并非不开心，像自己这种连父母都不待见的姑娘，有人能够发自内心地疼爱，她心存感激。跟桂次的温柔比起来，阿缝更加沉着冷静。

“阿缝，我要是真的回家了，你怎么想呢？你会从此不用日日记挂我，而感到轻松喜悦呢，还是说，想到那个吵吵闹闹的话痨不在了，感到一丝孤单呢？说说吧，你的真实想法是什么。”桂次向阿缝提问。

“不用想也知道，你走后家里会多么多么寂寞。就连在东京的时候，要是一个月不回家，我就会期盼星期天的到来。从清晨打开房门的那一刻起，就开始期盼你的脚步声，你这次回老家以后，要是再来东京怕就没那么容易了，下次见面不知何年何月。但是，要是日后通火车了，你就可以不时来东京了吧？要能这样的话，我不知多高兴呢。”

“我一点儿也不想回老家。要是能留在这里，谁愿意回去啊。我去观察一下情况，要是还能出来我就继续叨扰，我真想能去去就来啊。”桂次说得轻松。

“但是你不是要回去当一家之主，掌管家业了吗？要是那样的话，你就不能像现在这么自在了。”阿缝强调。

“是啊，真像大难临头一样。我养父的家在大藤村的中萩原，那里群山环绕，天目山[①]、大菩萨岭[②]，重峦叠嶂连绵不绝，像屏风一样把荻原包围起来。矗立在西南边的富士山山巅白雪皑皑，总是遮掩着面容，不肯轻易示人。冬天的寒风夹杂着冰冷的雪花，刺骨寒冷。要是想买鲜鱼，就要步行到五里之外的甲府，好不容易才能吃到金枪鱼做的生鱼片。你要是不信的话，可以去问你父亲，总之那里是一个哪儿都不方便、哪儿都不干净的地方。每年夏天从东京回去，真是受不了。想到我要一辈子困在那种地方，每天受累于各种无聊琐碎之事，见不到自己想见的人，去不了想去的地方，只能埋头度过茫茫岁月时，心情就苦闷无比。就算只有你一个人也好，给我一点儿安慰吧。难道不能给我一丝关爱吗？”

“你怎么把自己说得这么悲惨？我妈妈说她还羡慕你的身份呢。”

“就这个身份，有什么好羡慕的。要我来说说什么是幸福呢，如果我回去的时候那个阿作能马上暴毙就好了。她是独生女，父亲一定会慌了手脚，肯定会暂时搁置继承家业的事情。他家多少有些家底，别人绝不会眼看着这些财产落入我的囊

①位于日本山梨县东部、白川上游。

②位于日本山梨县盐山市东部甲州大道。

中，亲戚当中那些势利眼势必会采取手段，那个时候我稍稍出点儿岔子，他们一定会让我果断离婚。到那时，我就是一棵傲立原野的云杉。这样的我才能获得自由，才可以说自己是幸福的。”桂次笑着侃侃而谈。

阿缝愣住了：“你这些话是认真的吗？我一直以为你是个非常体贴的人，在背地里说什么希望阿作暴死这样的话，也太胡说八道了吧。阿作真可怜啊。”阿缝竭力维护阿作，簌簌地落下泪珠。

“要是见了她本人，说不定你就不会觉得她可怜了。比起阿作，你更应该可怜可怜我啊。被一根无形的绳子拖着拽着的我，你却视而不见，一点儿也不体谅我的处境，看不到一丝关心的样子。刚才，就在刚才，你还说我要是不在了你会觉得寂寞，这也只是一种说辞吧。也许你在想，那样的人早点儿走了好，说不定还会撒盐驱邪呢。我还沾沾自喜在这里打搅了这么久，真是承蒙你的关照，对不起。不管多么不愿意可还是要回到家乡，自以为你对我保有情谊却被这样抛弃，这世界是越来越无滋味啦。随便吧，爱怎么样就怎么样吧。”桂次故意表现得非常生气，做出一副怒火中烧的样子。

“野泽先生，你今天怎么了？你是心情不好吗？”阿缝眉峰紧蹙，仍不理解他的心思。

“在正常人眼中，一定会认为我神经错乱了吧，就连我自己也觉得要发狂了。不过要是没有原因，疯子也不会变成疯子，种种事情郁积在心里，纠缠纷乱才会导致精神恍惚。我不知道自己是疯了还是病了，我总是想着正常的你不会想到的一些事情，在人背后哭哭笑笑，找人要来一张某人儿时天真无邪的照片，早晚都要拿在手里端详，对着照片倾诉无法说出的苦闷。有时恭恭敬敬地把'她'放回抽屉，有时又说胡话又做白日梦。要是这样度过一生的话，别人肯定会说我是个大傻子吧。尽管成了别人口中的傻子，可是我们还是不能心意相通。如果我们真的是有缘无分，那么你至少说一些体己话，好叫我能安心上路啊。可你总是面无表情说着一些毫无情分的话语，那些'你要是不来我就觉得孤单'这样的场面话真是过分啊。真不懂你的心思。疯癫如我，只恨你冷若冰霜。女人不都是温柔如水的吗？"

桂次絮叨着，说完又轻叹一声。阿缝真难开口。

"我真不知道说什么好，我太笨了，不知道应该怎么回应你，只是心里特别慌乱。"阿缝缩缩身子往后退了两步。

桂次顿时像泄了气的皮球一样，只觉得脑袋特别沉重。

上杉家隔壁是某个宗派的寺院，宽敞的院落里栽种着桃树和樱树，从这边二楼望去，花朵灿如云霞，宛若仙界，花瓣拂过观音像的肩膀和双膝，轻盈地散落在莽草堆前，显得饶有情趣。偶尔有个大小孩背上背着小小孩儿，扎着头巾手舞足蹈唱着童谣："无限春光美，只是太匆匆……"

春夜渐深，月色朦胧，人的面容隐藏在溶溶月色中，微风轻抚脸庞。去年、前年和大前年都曾在寺院里赏花，大半时间都住在这里，悠然地闲逛。今年觉得这般景色格外珍贵，想到今后也许无法再踏上这块净土欣赏春花，就连对那露天的佛像也备觉依恋。吃过晚饭之后他从家里出来，虔诚参拜，双手合十，在观音像前祈祷，希望菩萨保佑我的爱人，我的心至死不渝。

下

只有桂次一人耳鸣上火，阿缝就跟个木头人似的不动声色。所幸上杉家没有传出什么麻烦事，大藤村的阿作终于能放心了。眼看四月十五日这归家的日子迫在眉睫，桂次忙忙碌碌地准备了很多礼物，如日清战争[1]画、大胜利的袋子、系扣子的外褂、香粉簪子樱花油，等等。并且由于亲戚人多，还买了些五花八门的香水肥皂等新鲜物件，阿缝赠给桂次未来的妻子阿作一件淡紫藤色的衣衫，衣襟上印有雪白的牡丹花瓣。"桂次

①此指中日甲午战争。

瞧着这些东西，是什么脸色啊，真是可怜极了。”侍女阿竹后来回忆说。

桂次有一张阿作的相片，他悄悄收起来不让别人看见呢，还是早就成为火盆底下的灰烬了呢？除了桂次别人一无所知。前些日子老家寄来一张明信片，虽说是以“六藏”的名义书写的，但眼尖的太太说，从那句“最近毛笔字有长进，得到了父亲的夸奖”来看，这绝对是姑娘写的书信。从笔迹推测容貌，正如根据名字来判断性格，现在擅长书法的人不一定像业平那样是个美男子，但是只要用心写的话，即便是字迹拙劣的人也能写得像回事；但要是装成书法家的样子，没有筋骨、字迹潦草写出一些根本认不出来的字，那就没办法了。不知道阿作姑娘的笔迹如何，但此时已有立体的形象浮现在夫人眼前，大方脸，眉眼鼻子一般般，头发稀疏脖子短，两腿长过上身。

太太这么形容阿作：“字尾拖得太长不好看，挺可笑的，桂次即便是放在东京都算得上帅小伙，要是回到大藤村，岂不就是光源式嘛，那些纺织厂的姑娘们不知道要涂上多少香粉呢。”太太一个劲儿地议论着。

“他本来就应该忍着，娶个丑老婆怎么了，农民家的穷小子一飞冲天，摇身变成大财主。”爹爹紧接着还把桂次的出身拿出来抖搂一番，真够尖酸刻薄。伯父伯母用同一种嘲笑的语调，还好桂次没有听到这些话，只有阿缝觉得他可怜极了。

先让运输公司把行李运走，桂次一个人轻装上阵，今天去看看这个朋友，明天去瞧瞧那个同学，看看是不是还有什么事没办，每天忙得团团转。他抓住一个难得的躲避人们眼目的机会，拉住阿缝的袖子：

“虽然你不喜欢我，但是分别时我心里对你没有一丝怨恨，你有属于自己的路要走，总有一天要把岛田髻梳成圆髻，也会有可爱的婴儿喊着‘妈妈吃奶，妈妈吃奶’，我祝你幸福，祈愿你平安喜乐，唯有怀抱着对你的祝愿以尽余生。愿你能孝顺父母，虽然我知道你绝对不会忤逆母亲大人，但希望你能时时提醒自己。千言万语难诉衷肠，我会一直写信给你，直到我离开这个世界。我寄十封信，你能回复一封，我就满足了，我只有在难眠的秋夜独自追忆你的容颜罢了。”

就这样，桂次细数着相思，落下了男儿泪。倏地仰面，擦掉脸上的泪水。要是心脆弱了，谁都会这样无助吧。如今他就要回到故乡，回去养父的家里，那感觉，就好像把自己和阿作抛在脑后，世上只有阿缝的存在似的绝望。这种时刻在这场合，会令女人的心永远魂牵梦绕，更有人一生都无法抹去印在灵魂上的悲哀愁影。这位心如磐石般坚硬的阿缝姑娘到底是什么想法呢？我们无从得知。但见她沉默不语，落下颗颗泪珠儿。

幽幽春夜，云雾飘飘袅袅。桂次要离开东京了，因为距离不算近，所以先坐洋车到新宿车站。再从那乘车到了八王子，汽车马车来回倒腾，转眼间就越过了小佛岭，然后经过上野原、野田尻、犬目、鸟泽这些地方，夜宿在猿桥附近。虽已听不到巴峡轰隆水声，却有笛吹川①的潺湲溪流搅人清梦，真是叫人肝肠寸断。

此时，东京的上杉家收到了第一张从胜沼寄回的明信片，没过四天又收到两封盖有七里印戳的书信。其中，写给阿缝的信很长很长，如此这般，桂次终于成为大藤村的人了。

都说男人的心靠不住，那被花心男人辜负的心情，就像秋日长空上的斜阳被乌云覆盖，行走在原野道路上没打伞一样难挨。不过也不能一棒子打死，那松山誓言②，谁能保证一生不负？桂次并不是花花公子，也不会假装流泪。但，昨日的悲哀终究属于昨日，如今的他不得不为家业奔走，该忘记的就都忘记了。人生来来去去，不过幻梦一场；浮世万万千千，譬如晨露一颗。再说桂次已有结发之妻，不管心里多么不乐意，也断不能违背人情义理。

安稳无事地听完婚礼上的高砂小调③，旋即和阿作作为一对新夫妻出现了，而且不久就要当父亲了。各种因缘藕断丝还

①流经山梨县的河。

②语出《小仓百人一首》，形容两个人的誓言永远不变，就像青翠的松山永恒屹立。

③日本能乐的曲名，为能剧的前场戏，用作祝贺词曲和庆祝仪式上歌唱的短谣歌。

连，逐渐被羁绊牢牢束缚，所以不能将全部责任归咎于野泽桂次。而要是走运，一万身家增加到十万，也许会变成山梨县的纳税大户。最后，海誓山盟全部成为过眼烟云，船随波逐流，人由世浮动，一千里、两千里、一万里……

虽说两个人只相隔二百三十里，但若心意不相通，好比八重云霞遮住山峰。从落英缤纷到新叶萌芽，阿缝共收到三封信，信里细细叙说思念；梅雨绵绵、天气蒙蒙的时节，也喜悦地收到了桂次倾诉情思的信件；从那之后每个月大概能收到两封，阿缝起初还埋怨怎么只有三四封，到后来一个月也只有一封了；秋季忙碌，要将幼蚕从蚕纸移到蚕箔上，以此理由，变为两月一封，三月一封，如今到了半年一封、一年一封的地步，而今则用贺年卡或是暑中问候的明信片代替了。因为一字一语地写字麻烦，就完全用明信片代替，真可笑啊，屋檐下的樱花仿佛在说“可笑”；邻院双手放于膝上的观音菩萨，慈祥的神态也似有一丝笑意，怜悯着青春少女的狂热。

如今那个被说冷酷的阿缝还有脸上绽放笑颜的时候吗？她还是一如既往费尽心力地讨取亲爹和后母的欢心，忘却了自己，只盼家里一切安顺。

可是，碎碎的镜子再也回不到原来的样子……

雪　日

大地银装素裹，一望无际，飞舞的雪花犹如蝴蝶的轻翅，枯木逢雪，恰似千树梨花。世人将此番景象唱作和歌，雪色、月光、花朵，是最受歌人青睐的意象。

触景伤情，忆起往事，落下的雪花徒增一抹悲悯的底色。然而，即便后悔八千次也于事无补，离开祖辈世代居住的故乡，背弃恩重如山的姨母，如今我实在愧对“珠儿”这个无瑕的名字。双亲盼我白璧无瑕，起名如此。谁承想，晶莹的珍珠竟遭受了粗粝的砖瓦都不曾遭受的境遇。原来，谷川之水蜿蜒西流，最终成了污秽之身。[①]只怪当时年幼无知，一时迷了心智。

那日也是一个雪天。

我的故乡在大山深处一个草木葱茏的小村庄，我们薄井家也是当地响当当的人家，而我又是家里的独生女。不幸父母早

---

①此句原意为不管天上的雨水或雪花，落到地面都会变成河水或溪水。此处指珠儿虽然家境清白优渥，但最后却变成了名声不好的女人。

亡，守寡的姨母便从婆家回来抚养我。从三岁起，她就不离不弃地看护我，对我视如己出，当作掌上明珠般疼爱。七岁时姨母为我仔细挑选习字先生，丝竹之艺则由她亲自教授。

时光荏苒，流光已去，我长高了，也剃细了眉毛①，我为自己终于系上腰带成为大姑娘而开心。现在想来，自己未免也太傻了吧。乡下姑娘如何比得上都市女孩的伶俐？

虽然外貌随着年龄的增长发生了改变，但还是懵懵懂懂，不明男女之事，就这么无虑无思地过着每一天。直到十五岁那年的冬天，不知是谁发现了连我自己都未能察觉的心底事，风言风语竟然传到姨母的耳朵里。这是我此生第一次，有了关于恋爱的传闻。

这世上尽是荒谬之事，漫天谣言就像翻涌的波浪，而被浪花浸湿了衣袖的人，就是桂木一郎——我的老师。他是东京人，相貌堂堂心地和善，和学生们关系很好，提起桂木先生没有不夸赞的。老师借住在法正寺附近的一处偏房里，与我家相隔十条街。我从很小就受他的指导，他对我自自然然就比对别人多一份关爱。有时他来我家家访，有时我去他家做客。他教给我很多很多有趣的东西，待我就像亲妹妹一样。而我没有兄弟姐妹，当然理所地接受了这份情谊，就连上学也觉得很有面子。

---

①日本人剃眉毛的渊源来自中国唐朝。在江户时代，贵州女性大约在十三岁时要剃掉眉毛，在成人仪式上画眉。但是平时一般都不画眉，眉毛基本上是秃的。

但如今细细思量，可能那时候别人就看不顺眼了吧。尽管我们二人心底至清，不过那时我已梳起了岛田髻，怎么看也不是小孩子了，老师也是而立之年。《礼记》记载，男女七岁不同席。[1]我却忘记了这些礼法，跟他照样亲近，这真是愚蠢至极。

人们总喜欢添油加醋，捕风捉影，一时间艳闻四起，可惜，洁白的美玉还是有了瑕疵。可这不仅仅是我一人的不幸。“我说吧，就是因为由姨母放养，薄井家的女儿才会品行不端。要是双亲健在，她绝不会变成这样。”人们想尽各种说辞诋毁我们。

“想到这些，我的眼泪就停不下来，你母亲临终时在枕边托付我：姐姐，珠儿就拜托你了。幽幽的话语，包含着千言万语道不尽的感慨思量。我抚育你，就好像在暗夜行路，天降一切只能受着，别无他法。但如今我们沦为别人的笑话，第一个便对不住我那死去的妹妹，更对不起薄井家的名声。”姨母压低声音，害怕隔墙有耳。寡言少语的她，想必是思前想后考虑了许久吧。

姨母语重心长地谆谆教诲，起初，我一头雾水，根本不明白话语的含义。渐渐地，姨母越说越刺耳。

“珠儿，你听我说，桂木先生想必是喜欢你的，而你也倾

①出自中国典籍《礼记·内则》：六年，教之数与方名。七年男女不同席，不共食。

慕对方。但是家有家法，从祖上起我们薄井家就规定不准和外人结亲。虽说他满腹经纶，但他是何人之子何人后代有什么经历，我们一概不知。他怎么能成为名门薄井家的女婿呢？我是不会同意这门亲事的。你们相互恋慕也是枉然。所以，你别无选择。从现在开始就结束交往吧，不要跟他继续往来，学艺之事也停下。我是因为珍视你才尊称他一声老师，没有价值的人也不需要别人的尊敬。这些年以来我悉心教养你，人们夸奖你也如同夸奖我。如今受人们指指点点，都是那个人的原因。现在，从此刻开始吧，断绝过去重新开始。你要洗去污名，我才安心。总而言之你要把他当作仇人，为这个家想想为姨母想想，忘记桂木忘记一郎，就算路过他家门也千万不要进去。”姨母躺在榻榻米上训话，令我肝肠寸断，眼底的泪水不禁夺眶而出，掩面啜泣了很久很久。

我心里多么不甘啊，不管世人如何污蔑我，即便整个村子都要驱逐我，养育我长大的姨母，你也不知道珠儿是清白还是卑污吗？而她竟然振振有词地说出一些污言秽语，我的老师又不是昨天刚刚认识，他人品正直有目共睹，也不知道是谁自以为是在背后搬弄是非。如果可以，我真想掏出我的真心给大家看看。我号啕大哭，某种意念潜入我的内心，而我的情绪就像一匹脱缰的野马无法驯服。

小小竹帘犹如迢迢山水，薄薄的一片就可分割出两个世界，更何况十町之间的短短距离，有多少双眼睛盯着。此时，疾风劲吹，草木摇落，红叶凋零，悠悠然不知要飘向何处。我吟咏起一首和歌。眼前的树林好像在对我招手，那个村子边上就是老师的家，我脑海里顿时浮现出老师居所的样子。斜晖脉脉，法正寺的钟声悠远，我的心空落落的。奈何训诫威严，我不能迈步向前，那么就等待老师来家里吧。可被绯闻缠绕的不仅仅是我，老师他惧怕流言所以音信全无。断交之后一日如隔三秋。新年伊始，万象更新，转眼就是新岁初七。

这天，姨母准备去邻村亲戚家拜年，从早上开始天空阴云密布，灰蒙蒙的，不绝的寒风刺骨冰冷，我懵懂的心总觉得惴惴不安。忽然看见天空有白色的东西霏霏下落，要下雪了，想必姨母一定很冷吧，我靠在暖炉边思忖着。雪花飘飘扬扬绵绵不绝，好似轻舞的棉絮，不一会儿院子篱笆全部白茫茫一片。我打开窗户拄着手臂，看见了屋后水田也隐没了，旱田也不见了，日日眺望的那片森林和天地融为一体。啊，老师，那儿有我的老师，我的心不禁激动起来。

可能是真的有瘟神吧，我就像被附身了一样，此刻，正在想些什么？我已经不辨善恶，被怀恋的情绪压迫着，浑浑噩噩地从家里走了出来。

没有一丝丝留恋，没有回头看一眼熟悉的家，我火急火燎地跑出庭院。

“小姐，这么大的雪，你要去哪里啊？也不带把伞。”长工平助很是吃惊地问。他是个老实忠厚的人。

“我去迎迎姨母。”我撒谎了。

“不用吧，好像她今晚要在那边留宿吧。要是非得去接她，那么还是让老仆去吧。”他竟然出来在一旁阻拦，气死我了。

“其实，我看着雪这么美，想去赏雪，而且还想亲自去接姨母，你就当不知道好了。”

毫不知情的平助笑得很大声。

“傻孩子，没你这样的，也不拿把伞，这个给你。”他把手里的伞递给我，“当心，千万别摔着。”他又嘱咐我。

武藏野原芳草萋萋。我想起了这样一首和歌，狠心是为了我，严厉也是为了我，一切都是为了我啊。直到后来我才能体会到姨母的良苦用心。

虽说我这样爱恋着老师，做梦都在喊着这个人叫丈夫，但要和他一起远走他乡，却是万万没想到。前途未卜内心迷乱，窗外的淡竹被积雪压低枝丫，没有人站在我这一边。我真是罪孽深重啊，我离开故乡抛弃姨母，就是在一个梦一般的下雪天。

事到如今，再去怨恨我的丈夫也是徒然。“花城锦簇金粉香，侬是南山素衣女，独卧冬寒荒野中。”[1]掩泪涕泣，若问起

①出自《新敕撰和歌集》，表达了女主人公身在异乡的飘零之感。

往昔，一切都是错误。后来听到故乡的消息，自我走后姨母悲叹不已，在一个悲伤的秋天撒手人寰。

悔不当初，万事已成定局，浮世间不会有终了的时候，我还为薄情寡义的男子坚守贞洁，保全名节，诚如紫式部和歌中的那句——

纷纷细雪如愁思霏霏落下，愁更愁。

无辜的白雪今日又来装饰我家的残垣，感时雪落，我多么怀念往昔啊。

檐前月

看样子，丈夫今夜又要晚归。孩子已经睡熟，他要是回来一定很扫兴吧。明月照如积雪，马路上寒霜满地，双脚踩上去定会非常冰凉吧。家里火炉暖热，酒也温好，他何时才能归来呢？听，空中飘响的是上野寺的钟声吗？两点三点四点，八点了吗？不，已经九点了。他很少这么迟归，平日里九点钟声响起时大家都在用晚饭了。对了，他说从今夜开始要延长一小时的工作时间，为了孩子不得不多赚钱。在那个热气滚滚的房间里，忍着酸疼的脖子，挥舞铁锤的手腕肯定很痛吧？

女人掀开破窗，瞭望着门外，对面的房檐上爬上一轮明月，射向这里的月影苍白阴冷，霜华凝重更是让身体不由得发抖，冷气像针尖一样刺入肌肤，片刻之间她放空一切似的凝视夜空，一声长长的叹息在月色中如烟飘过。

樱町的老爷是不是已经就寝，抑或是在灯下披衣阅读，还是在摊开的纸张上静静动笔？他在写些什么呢？是不是跟朋友们商量事情，还是在写家书问候母亲，再或者只是通过纸笔抒发胸臆呢？是汉诗还是和歌呢，或者是，想要给我写信诉说相思？可惜，老爷不管写什么给我，都是徒劳罢了。

多少次，多少封，我未曾开启，他不知会有多么怨恨我。我担心，如果自己看了信，一定会柔肠百结，下定的决心也会作废。老爷，请您原谅我，我知道您一定在埋怨我，一定会非常讨厌我这个不解风情的女人。我是个苦命的人，或许我就是为了让老爷讨厌才降生于世，请理解我，请不要让我变成不守妇道的女人，老爷。

我出身卑贱，从来不知天外有天，我的生活中注定只有荒僻的后院，我破败的家就是我的全部世界。虚无缥缈的情思在心里缓缓燃起，那短暂接触到的上流社会就好比是去天堂玩赏一圈似的，现在想起来真是恍如隔世。像我这种用人，樱町家一年出出进进不知道多少个，叫我一声丫鬟也是看得起我，要说蒙受主人的恩宠，不外乎就是像趴在人们膝盖上的猫猫狗狗一样吗？

这样说，也许是给丈夫脸上蒙羞，当初辞工回家，听闻跟自己定亲的人是工厂工人，虽说没有可比性，但是我还是禁不住想起了老爷，当时的心情就好像仙女丢失了羽衣。纵然我不满意这婚事，难道我这朵野花还能插在书房的花瓶里不成？父母恩重如山，身为女儿怎么能让他们备受辛劳。我注定只能在底层社会劳劳碌碌，怎能幻想着天堂般的梦呢？假若能得偿所愿，也是走的歪门邪道，必定会受到人们侧目，指不定会遭受卑贱的骂名，我自己不在乎，要是连累老爷也被浮名所扰，那就太罪过了。且看夫人，已经憎恨我、嘲弄老爷的眼神了。

女子一声太息，吹散了心里的乌云，她欲打开月色朦胧的小窗，吱呀一声，惊扰了睡梦中的小儿，宝宝哭了起来。“乖宝宝，你刚才梦见什么啦？来，吃奶吧。”说着，微笑着解开衣襟。多么可爱的孩子啊，为了我，为了孩子，为了让我们舒舒服服，生活宽裕些，他真是披星戴月般辛苦劳作。“阿袖，我们暂时先忍忍。你先辛苦一些，等日后混到了伍长[①]头衔，当上了锻造厂的总管，我们就换个宽敞些的房子，然后再给你找个下人，你也不必扛着这么娇弱的身子提水了。别觉得我没出息，我有手艺有工作，并且身强体壮，不会永远这么下去的。”他总是将这些话经常挂在嘴上，难道我的脸色有什么不妥？我有看不起他的神色吗？想想真担心，丈夫对我可谓恩重如山，我居然产生那种念头，甚至还显现出来。

①日本旧制军衔名称。

父亲前年去世的时候，母亲去年去世的时候，他通夜不眠衣不解带地服侍病人。爹娘咳嗽时他就贴心地为他们抚摸脊背，想翻身的时候他连忙将他们抱起。三个多月的时间，从未假手于人，让我很是欣慰。单单这些事，我就应该感激他一辈子，如何还能显露出不满的样子？我自己全然不知，但事实真是这样的话如何是好呢？当我幻想着空中楼阁时，听到他喊我的名字的确会心烦。“阿袖，做这个，阿袖，干那个。”他的吩咐打消了我的幻梦，我就会不由得记恨他，不用说，罪人是我。但是要是没有樱町老爷的面影，心里的明镜也不会沾惹尘埃，那么有罪之人是我还是老爷？如若不是老爷，我一定心如止水。不能，不能，我不能这么想，这样就是诅咒之词了，忌讳。

小娃娃不知妈妈的心飘向了何方，吃饱了，就把小脸靠在乳房上，心满意足地睡去。娇嫩的小脸好比是薄薄的丝绸，透出微微的红晕，他在想些什么呢？有时候可爱的小嘴微微一噘，胖胖的小脸上显出双下巴，有这么个可心的宝贝在身边，我怎么还能有二心啊？就算没有生出二心，也不应该对丈夫有不满情绪啊。无望无望，要是不能彻底忘记樱町，那么我就是一个心怀鬼胎的女人。

轻轻地把儿子搬到睡床上，女人慢慢起身。她眼神沉着安定，嘴巴紧紧闭合，双脚踩在破烂的榻榻米上，在想什么呢？

从衣箱里找出两件衣服，又从浅黄绉绸带子里的衬垫[1]里，取出大概十二封信件放在座位边。油灯昏黄，她稍稍捻捻灯芯，照出老爷的名字。即便是化名，但骗不过我的眼睛。迄今为止，信封都完好如初，我还自诩内心坚定，多肤浅。其实，我害怕信里的内容会像利箭一样射穿我的烦恼。认真考虑过后，我确信，这不是坚定，是逃避。虽说身子清洁，可是心灵却早已腐烂不堪，这同样也是不贞吧。既然如此，那我读读也无妨。老爷，请你看看我的心。我的丈夫，也请你看看。

神啊，如果你真的存在，请你停驻在房檐上看着我。佛祖，如果你真的存在，请你在我手边看着我，看我的心是清白的，还是混浊的。

打开信封，一寻长的纸张里细数着温热的往事，叫人脸红的事情比比皆是，思念，眷恋，难忘，血泪，爱火，这些文字纵横散布。纸上黑字仿佛变成了耳边可怖的声音，对着自己低声细语，吓得她两手发颤，只好收起信件，接着收起第二封，然后三封四封，直至五六封时脸色稍稍有变，八九十十一十二封，打开读，读了又打开，文字入不了眼，还是入不了心呢？

长长的秀发向后绑起，古旧的衣服上系着一条软塌的腰带，憔悴的面容难挡美丽的容颜，可悲这尘世中的命运，极

①日本女用和服腰带内侧衬垫，和服腰带小饰品之一，为防止宽幅女用腰带下滑而使用的细长布条。

力想要不染污秽，可是好似潜藏着一个恶魔，总是叫人胡思乱想。好吧，雪要下便下吧，风要吹便吹吧。我的心海波涛暗涌，思绪如浪尖上的小船不辨方向，如何才能盼到晴空万里海鸥鸣啼的春日？樱町老爷的面容在脑海中久久徘徊，丈夫那浑然纯真的行为再也不能无视。一百〇八种烦恼[1]要是能够自行消去，我又何必庸人自扰呢？血要翻滚便翻滚，火要燃烧便燃烧。

她面带微笑继续阅读，心魂宛若置身九天飞瀑，任其冲刷着浊世的泥垢，诚如古时某上人那般，爱人用恋情写就的文字，好似迸发的几道飞泉，叫脆弱的女子失魂落魄。[2]

身边，可爱的孩子甜甜入睡，膝上传来老爷的声音："无情的你是不是要抛弃我呀？"窗外更深露重，丈夫是不是要回来了？假如丈夫现在就要回来，我是不是应羞愧脸红地收起膝上的这些情书？惭愧是因为心里内疚，何需隐藏呢？

老爷，即使您现在就出现在我眼前，像以往那样说着绵绵情话，或是因为憎恨我而大声斥责，甚至对我说，放弃生命也在所不惜，我是不是连眼睛都不眨，心里也丝毫不为所动。如果眨眼，就是因为想见到他；如果会骚动，那是因为私下还在

①佛家认为人的烦恼有一百〇八种。

②出自《平家物语》中文觉荒行于严冬瀑布下苦苦修行的故事。此处形容老爷的文字就像寒冬时节的飞瀑，让人胆寒畏惧。

爱恋着他。

女人神色恍惚，抬头看着天井，孤灯微明，投射着远远的光影，映照着她茫然的心思，颇有凄凉之感。霜夜中犬吠声不绝于耳，门缝里刮进来的风寒冷彻骨。来时归途全然忘记，仿佛踏上了梦中行路，心里似有一声回响，女子环顾四周内心激荡，回望身影高声大笑，“老爷，我，我丈夫，我儿子，这些都是什么啊？”她惊声尖笑着，扔起眼前散落的信件，“好了，老爷，就此别过吧。”眼睛不见一丝泪光，也看不见下定决心的坚决，她面带微笑，手一点儿也不颤抖，一封两封，六封八封，将全部信纸一张不留地撕成碎片，不停地朝着熊熊燃烧的炭火丢入、丢入，全部烧成灰烬，变成一缕缕青烟飘向空中消失了。真好，把我的贪念也全部带走了。她望着空中的白烟。

月光从房檐悄然潜入，凉凉夜风乍起。

隐身花丛中

第一

在本乡[①]的丸山或是片町，柳枝樱花掩映的围墙内，有一个安静清幽的好去处，虽并不宽敞却也清雅宜居。户主叫濑川兴之助，去年刚从秋山法学院毕业，当下在一家出版社的编辑部就职，工资勉强说得过去，他盼望有朝一日可以实现自己的凌云之志。母亲阿近年过五十，堂妹阿新小兴之助六岁，今年刚刚十八。

失去双亲的阿新自小由阿近抚养，三人相依为命。虽说筒井青梅[②]的往昔早已逝去，但从垂肩发[③]的童年开始阿新就同

①位于日本东京都文京区东部的地区，日本乡区，江户时代作为沿中山道的城镇发展起来，有许多寺院和武士宅邸。

②源自《伊势物语》中的和歌，幼年朋友曾和圆井筒比高低之意，类似于中国成语“两小无猜”。

③头发左右分开垂肩披散的儿童发型。

兴之助一起生活，都是独生子女便更加成双成对。阿新是女孩子，在这世上也没什么朋友，她把兴之助当作亲哥哥，并满怀期待地将其作为此生寄托。微风吹皱一池春水，兴之助也疼惜妹妹，心里有了一份爱恋。有了这么美丽无瑕的人儿，要是有一丁点儿见异思迁的心思，连自己都觉得过分，可谓青梅竹马，两小无猜。

阿新从八岁开始，便由阿近精心抚养，阿近非常疼爱亡夫的这个小侄女，也顺水推舟撮合二人，看着两个人开心的小脸儿，凝视着二人开心的身影，哪怕自己孤身一人也算有些安慰，多年以来阿近尽情地描绘着美好的希冀："我很快就要变成老太婆了，不过就这样静静地变成一个慈祥的老太太，未尝不是人生一大乐事。若真能如此，阿新一定会欢喜，兴之助也不会为我操心。"

只是如今却突然坐卧不安，仿佛在悲伤的黑夜里彷徨，自己的心被愤恨缠绕，似乎朦胧中看到了宛如从天而降的幸福图景，无常虚幻的感情牵扯着一颗脆弱的灵魂。阿近隐约觉得那难以企及的光明应该就在某处，兴之助少不更事，性格懦弱还被儿女情长牵绊着，乱花迷眼，从不为将来做打算。假使他一直瞻前顾后，那么在往后的艰难人世中将失去立足之处，只能在渺渺尘世中挣扎着过完无趣的一生。虽然世人都说，家庭和睦是人间的至高享乐，若能如此，别无他求。

然而，若只乘一棹孤舟怎么顺利抵达河之彼岸？况且没有港湾可以倚靠，四处漂泊该是多么苦楚啊。他自认为是青年才俊，不想劳烦他人，这种想法偶尔听到可能会心生敬意，最后怕是会永无立足之处，根本不会有伯乐来鉴别他到底是玉是瓦，到时候只怕后悔也太迟了。虽说现在他心里还眷恋种种，但丢卒保车乃是人之常情。近些日子总是听闻，哪位哪位名人仰仗夫人的关系才攀到如今的位置，或许此等事情难以启齿，但讥讽归讥讽，男人要想成就一番事业怎会没有污点呢？与其没有志气地隐身草莽，不如攀附有利的力量，威武体面地在人世中大展宏图才是正道。阿新的事情还是小事，兴之助要是失去飞黄腾达的机会，可就时不再来，我决不能有妇人之仁。

两小无猜宛如金童玉女，白玉无瑕毫无芥蒂的二人，早已是至死不渝的真心，他们两情相悦连我也深有体会。阿新少女心思，懵懵懂懂，她正做着遥远的云端美梦，兴之助就更是如此了。谁都知道他的意中人是谁，还像吃奶的娃娃一样纯稚。愕然间记起来这些事情，阿近满腔怨恨，想哭却不能放肆地流下眼泪。唉，这世间真是罪恶的世界啊。

祈愿愁眉舒展，能看到惠风和畅的春色。我是为了濑川家好，为了兴之助的前途着想，亲眼看见上天降临好运在我孩子的身上，明知道她会恨我，却不得不叫这可怜人坠落于泪水的深渊。话虽如此，阿新也有阿新的命运，即便不能同兴之助厮守一生，但她一定有自己命中注定的缘分，也会有属于她自己的幸福。我并非不为阿新考虑，就算她身世可怜，令人同情，当时决定抚养她也只是暂时之计罢了，可就算两人在一起，劳燕分飞才是最终宿命吧。可两人相伴一天，就令兴之助依恋一天。如今她总是忧虑深深，比起二老在黑暗中迷茫的悲伤，养育之恩也就是转瞬即逝的露水罢了。我决定了，变成好鬼也好化身为蛇也罢，被人指责为狠心可怖也罢，帮助兴之助摆正心态是我义不容辞的责任。

自家庭院笼罩在祥云瑞彩之中，阿近日日沉浸于这种美梦，幻想着留有威严八字胡的兴之助，体面荣华地乘坐豪华的漆黑包车，这幅情景在心里越发清晰起来。

第二

丈夫在世的时候，虽说温柔沉稳，但我万事急不可待心烦意乱，到底弱女子的个人意见没有分量，内心郁积的念头越发无法自持，难以压制的火焰时常烧灼着身体。阿近的心愿登上至高的山峰，希望终有一日能得偿所愿。在普通人看来，阿近的儿子孝顺上进，阿新虽说是外甥女，但跟亲生孩儿并无两样。阿新朝夕照顾，只待阿近年老乐享隐居生活，这是多么令人艳羡的福气啊。但对于自满的人，此等乐趣根本不屑一顾，可世事并非如愿，兴之助不停忙忙碌碌，阿近的想法与常人不同，好高骛远也罢，不自量力也罢，哪怕迄今为止的一切化为流水里的泡沫，天意如此无所谓对错。

院墙上的葫芦摇摇晃晃，溲疏花[①]经历风吹雨打，平淡无奇地度过人生五十年，一传十、十传百的小地方有什么乐趣可言？管他窝囊失败，还是功名利禄，人应该广增人脉，登上青云之巅。读众人必读之书，说大家该说之话，跟随他人的足迹，就会像牵线木偶一样失去本心，没有志气没有趣味无过无非，这绝不是一个作为男子汉的初衷。事到临头不要瞻前顾后，身为男人应该主动承担自己的责任。这些成了老生常谈的话题。

什么花露情浓，可笑至极，阿近这样贬低着。“魂如绳玉串，欲断只当断。[②]日夜辗转情难忍，因兴之助而陷入焦灼的生命似乎奄奄一息。”有人来向阿近转达了这样的消息，怪不得这段时间煞费苦心有内情，一阵暴风雪扫平了心头的忧虑，送

---

①干与枝均为空心，初夏多开钟状自花，长于山野。

②出自《小仓百人一首》所收录的式子内亲王的和歌“魂如绳玉串，欲断只当断。此身若偷生，难掩幽情乱”。“串玉之线”就是连接灵魂和身体的生命之线。该段和歌大意为：我的生命之线啊，你要断就赶紧断吧。希望现在就死去，因为如果再活下去的话，这份掩人耳目的私情就会泄露了。

来了恋爱童子。父亲是某省高官，家里富而不露声望很高，那人便是田原某君的爱女。

人心就像花儿，开了又败。今春来临之时，阿新的脸上染上绯红微笑，在墙角折下一枝又一枝的梅花，尔后去到熟悉的习字老师那里，请老师指正誊写的书法，跟伯母和兴之助都端庄打过招呼便出门了。阿新走后，阿近吐着烟圈，若有所思地离开放着火盆的茶室。兴之助的三叠大的小房间堆满了书本，桌上摊开书卷，梅花暗香浮动，兴之助正凝神远眺。阿近坐到儿子身边，感到屋里面一股微微凉意，于是拨旺炭火，悠然端坐于自己带来的坐垫上。一副欲言又止的神态，肯定又是那些陈词滥调，还没听，兴之助脸上就浮现出厌烦的神色。

“兴之助，你呀，还是太年轻了。”阿近微微笑笑，往前挪了挪。

“你的主意想法还没有定型，说到底你就是一根筋，不管问什么只回答不好或好，难道你不能下定决心让母亲稍稍松口气吗？父母不会害你。要知道，强扭的瓜不甜。你不用考虑任何人，斩钉截铁地想说什么就说什么。我并不是针对谁，阿新虽说打小就养在身边，但你们之间也并无山盟海誓的约定，你没有要照顾她的义务，更何况你还没有见过田原家的姑娘，而且也不是说一定要你娶她为妻。只是考虑到前途未来，日息之间做母亲的伤心苦恼都是为你。自从父亲去世以来，如你所知，亲戚们像苍蝇一样营营往来，真是麻烦至极，但真正出力的人却寥寥无几。可怜的孩子，即便有青云之志，可有我这么个没用的母亲，害你连学士的称号都得不到，更何况我们现在还有不少借债，苦不堪言啊。只要一细想你的将来，我便无法安然入睡，失眠对于老年人来说尤为难挨。而且田原那边也不太稳定，就连媒婆和我也不能放心，命运隐藏于暗处，天机不是普通人可以预测的。若是我的夙愿能够实现该多好，我正是感到运气不佳才说这么一番话，你别觉得为难。我是为了你好才说出逆耳之言，要是大家能够团结一心多好。'不义且富贵，于我如浮云，饭疏食，饮水，曲肱而枕之，乐在其中以。'①若你淡泊寡欲，我也便尊重你的意愿。你要是觉得目标过于远大就中途放弃，那么以后我想必就会租两三家陋屋，洗洗涮涮，衣衫褴褛，老眼昏花直至六七十岁，含饴弄孙度过余生吧。怎么样啊？兴之助，你静下心来，好好琢磨琢磨我的话。"母亲咄咄逼人，令他感到难言的憋闷。

"您说得多么可笑啊，我完全不理解，虽然明白您含辛茹苦抚养成人的恩情，但儿子真的力不从心，我知道这是您日日夜夜的期盼，但是，依靠着裙带关系凭借岳父大人庇佑，我从未想过将这些作为立身处世的媒介。就当我是怯懦好了，我的

---

①语出中国儒家学说著作《论语》。

东西就应该是我的，要是没有这张人情网就不能在世上立足，我也认了，您无须为我挂念，您请坐吧。”

兴之助斩钉截铁地回答。

母亲一直凝望着儿子的脸：“那就这样吧。”她发出一丝哀叹。

第三

“你说的是真的吗？你还是太年轻了，也正因如此母亲才会思量未来，甚至惦念起自己去世以后的日子。而你呢，将世界看作小小的书桌，没有什么比得上你手中这支六寸长的笔，欠考虑的读书人就是这样。若是狠狠激励一下，功成名就的那天指日可待。犹如东照宫样御遗训[1]所言，人的一生有如负重远行，很多人走不到半路或是三分之一的路程，就要放弃了吧。我有自己要做的事——这话说得漂亮，但是你听我说啊兴之助，像你这样的学历在东京遍地都是，垃圾堆的角落也到处都是啊。总有一天会将你立身发迹的心愿磨得干干净净。世事变幻莫测，志向也各种各样。扬名天下振兴家业，之于谁都是

①德川家康留于东照宫的遗训：人之一生，如负重远行，莫急。

基本志向吧。如果你按照自己的意愿，靠一般手段达成所愿，到时你会发现世间早已是恶人的巢穴，暗夜摸索甚是危险，你们这种人十分之九会变成废物。而那些手段高明的人则是剩余的十分之一，是最终利益的获得者。你要是能知晓这之间的差距，也就不会认为当田原家的女婿是丢脸的事了，有他照拂即可平步青云，虽然你不愿被人操纵，不甘心自己沦为一个工具，将这个当作成功的一点儿代价又有何不可呢？诽谤总会伴随着荣誉，燕雀安知鸿鹄之志哉？大鹏一飞九万里，腾云驾雾乘风破浪的大鹏，绝不甘心委身藩篱。

“往低了说，就拿我们女人说说吧，听闻那位田原夫人曾是东京祇园①的舞姬，她是身上有污点的人，也是普通人家闺女出身，却摆脱了系着围裙、束着揽袖带的生活，不用去水井边淘米，不用在厨房握菜刀。尽管生来卑贱却慧眼识局，将那个大胡子老爷玩弄于股掌之中，摇身一变成为阔太太。人们呢，只敢在暗处吃吃飞醋罢了，人家的地位比公爵还高，若是比较一番，田原夫人逊色于哪个公侯子爵的夫人？慈善、音乐会各种活动上，人家接触的都是社会名流，有些干事还是什么大官，这还不算什么，有时候还有相当高级的官员呢。要是同我们相比，简直是夜空中流动的银河，和埋在地下的暗沟那样的

①日本京都的艺伎区，也是京都的代表性地区。

区别。这世间，并没有贞妇孝女显赫发达的案例，人世间体面荣华的都是田原夫人这样的女人啊。

“虽说死者为大，但你跟你父亲简直太像了，自我感觉良好，从来不会细细思量人事，也不擅交际，越活越愚蠢。这还不算，刚才正如我所说，在郁郁不得志的浮世里舍弃诸愿，幻想青苔听雨[①]，茅屋数间，风和日丽的生活或许也别有一番趣味。但你晓得吗？半生不熟的日子才最不如意啊，门缝里吹来的风霜寒冷彻骨，妻儿孩子衣不蔽体，痛感身世可怜，从不会有一天半夜感到心情舒畅，身体肮脏，又被肮脏的人使唤，拿着微薄的薪水像临时雇工一样劳作，短短一生，庸庸碌碌，这就是你梦想的生活。虽然你一身正气，两袖清风，最后不过是重蹈你父亲的覆辙，可笑可怜沦为一个好好先生。”

阿近侃侃而谈，怒火攻心。

“母亲总是为了你着想，为了你生气发脾气，无所忌惮无所畏惧，纵然你顺利通过法官考试位列奏任官，尔后在下乡巡视中度过几年，再加上种种规则的制约，在繁华都市一举成名受到世人瞩目之类的事情，也是按照既定计划安排，一生安安稳稳，无过无非完全按照尺度行走。在有限的圈圈里，被一根无形的绳子牵绊着，必须遵守别人的命令，根据命令行事。一

---

①形容身心闲静。

生毫无功绩，去世之时只有知己两三前去凭吊，子女几人前往祭拜，这些跟猫猫狗狗有何区别？梦想和生活全部烟消云散，这样的人生，你满足吗？如要做梦死后自会长眠，谎话也好真话也好虚伪也好，美也好丑也好要接受便全盘接受。难道你没有一飞冲天的野心吗？怎么样兴之助，你不回答是不同意吗？可悲，做母亲的劝导你连一半都没了解，看起来你还在为儿女情长所困，明知道你的愚蠢品性，还继续煞费苦心是我的错。现在无论说什么你都听不进去，那么，随你便。”

“不，并不是阿新的原因，我没有被什么牵绊。”

“什么时候要娶她为妻？光是口头约定算什么大事？不应该对田原有什么不满。”兴之助被责备一通。

“你就把我当作白痴吧。”阿近不由得怒火中烧。

“我不同意。田原也不行，阿新也不行，万事都入不了我的眼。”

曾经的往昔不堪回首，兴之助顽固劲头一上来，谁都没招儿。阿近一番苦心劝诱以争执告终，留下待解的难题。

第四

“这不是濑川先生嘛，欢迎欢迎。”婢女的高亢声音从玄关传来。

帘内的人耳聪听到寒暄声，放下蜷缩在膝盖上熟睡的小猫咪，又将读到中途的插画报纸放在茶几上。

“哎呀，真稀奇啊，什么风把你吹过来了啊，我还以为你忘记谷中的道路了呢。”从纸门里传来美丽动听的嗓音。

“是西北风，还是南风？没听天气预报怎么阴天了。心里迷迷糊糊乌云涌动，想要阿辰夫人帮我把乌云扇走，不知不觉就来您儿这拜访了。”

今日，兴之助跟以往不同，妙语连珠。

阿辰起身迎接：“近来可好吧，这是赏梅归来吗？有人在桥本好像看见你了，没有带礼物过来真是有失体统。”阿辰笑着打趣。

“看这架势。”兴之助也笑笑。

阿辰拿出罕见的友仙被褥，二人于是在火盆前面相对而坐。

“脸色真不好，你不开心吗？是你的宝贝儿任性让你遭难了，还是拗不过母亲大人，不知如何是好，不知不觉就走到这边来了，谁惹你这么不开心啊？”

兴之助竖起大拇指，虽然被阿辰猜中了心事，但还是难以开口。

阿辰颇有古风意韵，但完全没有老妇姿态，迟暮美人依然姿色绝佳，她今年四十岁，齐发垂肩，穿一件洒落的和服外套，别有一种婉丽从容的风韵。丈夫去世之后，本想靠三味线谋生，但终归忌惮流言，好像是做了月琴[1]的师傅，也是有趣之人。阿辰拿起长烟杆，吸上一大口后交给兴之助："濑川先生，我说中了吧，你适可而止吧。你母亲那么辛苦，你也已经成年，耍威风撒娇虽然可爱，闹别扭生气暴躁，是什么样子呢？她要是再生气推倒便是。"阿辰歪嘴笑笑，教训着兴之助。

"各种意见真是无法招架，好不容易逃之夭夭，在这里请求您跟我商量下一步对策。"

"不要讲大道理啦，大家热闹起来吧，我可是洞察一切。"阿辰小心拿捏着火候，故意拣些高兴的愉快的说给他听。

"这不麻烦，比春花盛开的长堤还要艳丽，比秋季沙洲的月亮还要清朗，比歌舞达人的妙音还要动听。您喜欢的歌曲画作什么的，看见就开心，听起来就心生向往，肝火也好焦虑也好全部可以平息，只要回忆起来灵魂便飘飘然。"

"为了什么？"阿辰又问。

于是兴之助把身边的报纸放到面前，指着一个"新"字："就是这里。"

"这个无解，又不是禅问答[2]。"阿辰眼含笑意。

接下来阿辰又认真询问："此乃真言秘密[3]，看到这个字，脑

---

①中国和日本的一种弹拨乐器，音箱呈满圆形，琴脖短小。

②禅僧所进行的问答，寓意为打哑巴禅，莫名其妙的问答。

③象征地表现彻悟的语句，在密教中尤受重视，完全按梵文原文念诵。

海中便浮现出一个娇俏可爱的身影。那人从发根处梳着岛田髻，‘哥哥这个字怎么读呀？’然后把书本拿在面前，说：‘我知道啦。’我仿佛看到这样的场景，她真是别提有多么开心了。”阿辰说完粲然一笑。

“尽说傻话。”兴之助苦笑。

“玩笑归玩笑，有阿新小姐这样两小无猜的爱人，的确很难移情别恋。总觉得那个小姐怎么样呢，正如初春三月的歌曲中所唱，‘得见到那么美丽的容颜是我的错’。到底是谁有错呢？”

话题转移到田原这边来。

“那些话先不提，脸色不好头也疼，无精打采地从家里出来，然而没有好玩的地方，平日我哪有这么多烦恼啊。想着来到此处定能舒畅些吧。活着，真是痛苦，人生还有什么价值？我感到困惑。她要不听猿蟹合战[①]就不称心。”

“不要饿肚子呀。”阿辰还是那么幽默俏皮。

“简而言之，要是没有当家的话，你的心肝宝贝就会一直任性下去。”哄她其实就是小菜一碟，他知道还是不知道呢？

---

①日本童话故事，围绕着柿子树讲述被猴子杀了父母的螃蟹在臼、钵、栗子树等的帮助下向猴子报仇的故事。

第五

连我自己都搞不懂自己的心，过去现在，直到今天，初春三日，新春伊始醉屠苏，眼睛浮现和心里所想都是谷中的小屋。今夜丽人集会，举办歌留多[①]，迎接客人的小厮也兴致高昂："欢迎光临。"欢天喜地地将兴之助迎进门。

年轻人兴之助虽然有些勉为其难，但还是加入了"源平合战[②]"，小组分了三次，三次的同伴都是阿辰门下的第一门第，也就是田原家的爱女阿广。她跟父亲一样皮肤不算白皙，但少女正值青春妙龄，粗茶新沏也好喝[③]，在花哨的母亲熏陶下她打扮得花枝招展，身上穿着花朵繁复的淡紫色中长振袖[④]，绯红小丝绸八口处暗香盈盈，鲜艳明朗引人注目，腰带是繻珍[⑤]材质吗？金具上是名匠夏雄[⑥]雕刻的鲤鱼跃龙门，华贵明艳的装束与

①日本对百人一首、扑克、纸牌等牌类中的牌的泛称，亦指此类游戏，此处是指百人一首。

②日本纸牌的一种玩法，分为两组进行团体战，一个团队每人有五十张牌，而丢失牌的人首先获胜。

③日本谚语，形容女子无论美丑，只要年轻就是好看的。

④中长袖和服，为日本年轻女性的准礼服。

⑤素花缎，在经缎面上用两种以上颜色的纬线织出花样的丝织品，也有使用金银箔和金银丝大的，用做腰带、袈裟及各种袋包。

⑥即加纳夏雄，日本明治时期的雕金家，明治时代金工行业的巨匠。

她活泼灿烂的天性倒是十分相配。

她赢了就开心，失败就生气，是个放肆任性但不惹人讨厌的女子。兴之助心中一直回忆着她的面貌，正如母亲对自己所说真的并不惹人讨厌，但作为男子汉兴之助也不能过分表露感情，要是被阿新记恨，该怎么办？他心里没有果断的定论，这一切究竟都是什么，如坠五里雾中彷徨犹豫，感觉月儿花儿都在遥不可及的远方。

最近这些时日，一直忍受着旁人不知的辛劳，若要坚决回绝肯定会令母亲怒火中烧。好吧，那样的话，我就可以磊落地坚持自己所爱。但我一时兴起做起傻事，今早上不应该去谷中那里，本来此处就是是非之地，无外乎爱屋及乌，要是去的话阿辰一定会提起那事，真是啰里吧唆，要是不去还能有个了结。兴之助心烦意乱无处排遣，哪怕片刻也好，多想忘记这些烦恼。虽说麻烦，但也不是不想听阿辰讲那些趣事，好吧，要是她继续说陈词滥调，那么我就捣乱，不管她多么能言善辩，我粗暴地回应“不知道不知道”便是，这样阿辰就会闭嘴不再多言了吧，其实自己也不确定该怎么做，浑浑噩噩中敲开了谷中的门扇。

未来就是八重海路[①]上漂浮着的大船，天空波浪滔滔的沧海

①意为遥远的海路，借以比喻兴之助迷茫的心境。

汪洋，水源是山路青苔的露水，果真是不谙世事的公子哥，这凝望的目光里什么也看不到，不用问便知兴之助迷惑在心中的庙宇里。

阿辰领会到兴之助心里的变化，不再提起田原的事情。“想来难上难，做起来却简单，与其畏畏缩缩被人笑话愚蠢，莫不如让母亲的郁气慢慢消散。”自然地谈笑风生高声大笑，阿辰估摸一下时机，说道：

“濑川先生，人哪，就是不知道什么时候为何事苦恼。我没能料到自己会守寡，唯愿能拂去身边的浮云，祈愿心里的明月可以永远澄明皎洁。而且，天不遂人愿，这些年经历了太多的伤心事，我没法当作一切都未发生过，最后只好得过且过，借酒浇愁，一个人心里焦虑不安，重要的本人音讯全无了，岂不是就难办了？”

兴之助懊悔不已：“那样太过意不去了。”他无法轻描淡写地说出口。

“不是要你那么说。”

阿辰变得越发非常认真：“虽说她是弟子，但是也如同自己的孩子，我也十分疼爱小姐，虽然想尽说明一切，但你一心一意，也不能不体察你的心情。跟过家家酒的纯真往昔告别，到今天她也只有你可以依靠。阿新小姐的确可怜，若是辩解也是可笑。即便如此，田原家的事情也不能就这么置之不理。我还好，别人可不是那种任人摆布的性格啊。总之在两条路上徘徊，你辛苦了，自然也会反感母亲的吩咐。你不要考虑我这边，不管什么事情可以提出来大家一起商量。”阿辰循循善诱。

兴之助并没有粗鲁地驳倒，觉得事情有些出乎意料，短暂的沉默过后，慢慢逼问进营部，现在不得不给出答案，兴之助决议不能总是装聋作哑。

“阿辰经常说起的宝贝儿，暂且不考虑情面上的问题，漂亮也好一般也好，正因为曾经见过世面，才会考虑得深远。不管您怎么斟酌用词，我就是适合小豆枕头。”兴之助装糊涂地回答。

“确实如此，同海和山三千年的我相比，因力量弱小而失败，多可笑，不知为不知，虽然自大傲慢，囫囵以后无须恼火，从此什么事都可以交给我，我愿打愿挨。”

“遵命。”兴之助不管在哪里都像开玩笑。

第六

次日，阿辰驱车来到田原大人家，禀告某些事情。夫人笑逐颜开，回去之后就招呼用人，兴奋得脚底直发飘。

用不着翻弄熟读的长篇大论，连我自己都有点儿难为情，迫不及待在墨水盂[1]注入清水，细致地研磨过后潇洒写下线条壮丽的“庆贺万岁”。“昨天兴之助非常开心地来过了，想到接下来会有很多吩咐，今天照例过来，对夫人也详细解释了一切，想必那边也会高兴吧。并且后面还要准备种种，商量种种，本想亲自登门拜访，但总感到稍微有些不便，听说今明两天有空，希望事情能进展顺利啊。”阿辰迫不及待地禀告阿近。

阿近拿到这个文书自然高兴，只是兴之助目瞪口呆，没有想到这么过分的玩笑居然成真。既然如此，要是勃然大怒，岂不会被人嘲笑愚弄，哪里能容下我的意见啊？母亲本就同意这门亲事，这是她盼了又盼的事情，我如果不同意，她势必会和阿辰结为同盟，不知道到时候会如何为难我，那边也好这边也好，絮絮叨叨麻烦至极。长痛不如短痛，船到桥头自然直，无奈中只好放弃执念。他感到轻而易举地被拉入深渊只能与黑夜为伴，被人任意摆布毫无还手之力。

阿近本来和阿辰就不是很投缘，她只是已故夫君的一位友人的遗孀罢了，平常她就不乐意兴之助喜欢和她来往，不管这次商量谈判如何，她绝不会轻易被骗，阿近平复心绪。但事情的进展还是叫人高兴，到了和阿新开诚布公的时刻了，小门小

---

①往砚台里加水的器具。

户的家事就算想隐藏也藏不住，想要知道简直是手到擒来，但还是不想闹得太僵，不要公开表露，不管怎样需要寻求个好办法。为了阿新的将来不至于太落魄，那个姑娘一定不会答应嫁人，所以可以挑挑举止礼貌的缺点，随便给她取个名字送到大奥[①]里当差最好。不管怎样，若是离家一两年时光，双方也会逐渐淡忘彼此，从此以后各自成家，互为陌路，应该不是难事。”两人这么交谈着。

“而且兴之助，事到如今，你应该明白不能再有所动摇，若还是依依不舍，应该制止这种念头。”

那么纯真无邪的人儿，就像落入众人设计好的圈套一样，实在太让人疼惜。

“虽说我管闲事，但阿新的确是个大麻烦。要是知道的话一旦事到临头再开始讨论，阿新绝对会说不愿意，所以阿新摇头拒绝的话，怕是谁也难开口吧。到时候我会美言几句，给她讲讲道理。若要再拖延下去，怕是天有不测风云，到时候万一又出什么岔子，事到如今的努力全部付诸东流，我们哭都没地儿去。田原那边的事情难说会不会告吹。”

“万万不可失败啊。”阿近对天许愿，“这并非我特意安排

---

①日本江户时代德川幕府将军的生母、子女、正室、侧室和各女官的住处。

的缘分，感觉就像玩笑一样虚幻，如今竟梦想成真，我感觉还在梦里一样，不过总算能够安心和放松了。”

我多想将阿辰、田原从脑海里挥除，在滔滔大河里洗去烦忧，落得个清静啊，又想起阿新那副楚楚可怜天真无邪的样子，她对我无微不至体贴周到，洗衣做饭缝缝补补，若是她知道了这对母子的野心，肯定不会对我这么好了吧。那颗毫不知情的心还在尽力服侍着魔鬼般恐怖的伯母。今天从谷中回来我说了句有点儿累，“我给你按摩按摩吧”，阿新便体贴地给我揉腰捶背，她太可怜了。

平常没有想到的事情涌进心里，心中产生一股无法言说的恶心感觉。

第七

“留下来吧，留下来吧。”兴之助一心祈祷，然而又千方百计寻找诸多工种，最后得偿所愿，敲定下两个非常合适的做工场所。一个是阿辰找到的差事，是在霞关[1]一个很有名望的旧诸侯处做事，“虽说不能同以往相比，如今表面看去简朴节省了

[1]位于日本东京都千代田区南部。

些，但吃穿用度可不是小门小户所能比得上的，到她家人家当用人可不能是小商人小官吏的姑娘，若能跟身份高贵的小姐学有所成，礼节举止当然会与众不同，要是有心还能精通琴棋书画，三五年之后说不定还能得到不错的赏赐，总之这是个富贵漂亮的府邸。”

还有一个则是濑川旧友打点出来的某位姓黑泽的画师，虽然未扬名天下，但他立志绘画，反而讨厌什么大画家之类的庸俗称谓，自然有股逸然之风，如今已从世间隐遁，将家业完全交由儿子严加管理，自己则无拘无束。听说祖先生地在甲斐[①]，他在此地既能观赏海岸千鸟君千秋万代的景色[②]，又能专心作画，于是在附近的山屋暂时闭门不出。妻子就是本地生人，很快便融入了乡下生活，想必田园岁月也不会太过寂寥，索性便安家于此，多年来两人举案齐眉，共赏风花雪月，寸步不离亲密无间。“如今考虑到无人帮忙打点日常，想要一个侍女伺候左右，阿新要是认为合适，就拜托她了。那样可爱温柔的小女孩，若能像自己孩子一样常伴身侧，就算不会画画，也能抚慰两位老人山居的寂寞。如果万事和顺，便可一起隐居山里，只可惜年轻人不愿抛下繁华的闹市，或者盼望成为好地

①日本旧国名，位于今山梨县，属东海道。

②出自《古今和歌集》第七卷贺歌：“盐山出海边，千鸟鸣其颠。祷祝君长寿，鸣声是八千。”意为长久地圆满地在名胜之地生活下去。千鸟君，和歌用语。

方的奉公人吧，所以帮贫穷画师看家什么的话的确很难说出口啊。”画家的妻子诉苦道。

阿新该何去何从，成了此刻的问题。

如此这般解释着一生的利害关系，兴之助本以为，刚开始劝她当用人，肯定会觉得诧异奇怪，定不会骤然同意。谁知阿新并没有过分吃惊，就像曾经想到过一样，爽快地同意了。

兴之助暗中周旋，观察着表妹的脸色。

“若能一直待在伯母和哥哥的身边，就是最高兴的事了，如果不能如愿也是世间常事。”阿新说。

“这也是无可奈何之事，这个世道的力量光凭眼睛是看不到的，快乐也好悲伤也好不是我能决定的，我心已死，忧虑的时候便顾着忧虑，高兴的时候便想高兴，除此之外还能做什么呢？不是吗？”阿新下定决心。

兴之助没有劝她留下。

“虽然同样都是做用人，在显赫漂亮的内府当差势必要学会卑躬屈膝，但其实可以当作玩乐，一众人群中身穿着柔软绢布，且能担任贵族的用人将来也有指望，说起来也好听。阿新觉得怎么样？”兴之助问。

“您的命令我定当遵从，若要自己来选择，我不太喜欢侍奉贵族大人，还是黑泽那边好，可以更随性些吧。关于将来我并没有什么值得托付的。”

“而且住在东京的话，也可以将事情托付给我。其实本来也不是什么奉公人，本着跟夫人学习的心思去学一点儿手艺也好。若是此时归隐田园，最终同行脚僧一样，可能要四处奔走，你刚才是不是有什么难言之隐，为何想去那个地方？”兴之助问道。

“黑泽先生不是画师嘛，哥哥也很喜欢作画，我也想学画。”

“学画画之后怎么打算呢？”

“想你的时候，可以画下哥哥的样子，来慰藉慰藉思念吧。”阿新说。

兴之助后来再也没有说话，心似乎在滴血。

既然事已至此，阿新毫不犹豫地开始收拾行囊。兴之助心里祈盼着，哪怕是再多一天也好，多希望阿新能留在这里啊。

表面上只在谈论起程去往黑泽的事情，田原大人那边虽并无风波，但其实背地里开始互通笔纸。虽说阿近无须担惊受怕，但心里只盼望能尽快早一天啊，尽早一点儿，这些天几乎都食不知味，不过她最终熬到了心心念念的“明天”。明天阿新便要去上野坐车，阿新在想些什么？不用说思念的人知道也无奈，哪怕是一个词语也包含着千愁万绪，兴之助此刻觉得有一把利刃在胸中搅动，心痛不已。

夜半难眠灯影朦胧，不久鸟声啁啾钟声警醒，待阿新跨过门槛，汽笛声响，朝雾消散之时，兴之助该作何思量？

阿新同差手的海滨千鸟为友，孤苦地回忆着曾经的爱恋，永远永远地悲哀着……

月 夜

丛云稍稍为妙，没有亦佳，美好的月影下传来尺八[①] 的清音，抚琴之人技艺高超，此景越发幽美庄雅。三味线亦同。

琴声似从西片町附近的围墙下传来，如此良月，真想一窥弹琴之人，其景宛若物语，令人心旌摇曳。

同亲友分别，月亮更能抚慰人心，明月千里遥寄相思，随君同行的情思，使人羡慕。姑且以明月为镜，月下的人影常常会让人生发一些无常虚幻的慨叹。

小小的院落里，池水波光粼粼，似在诉说往事。倚靠扶手，久久注视着，从漂浮的波纹慢慢望到深深的池底。水池究竟有多深，我无法得知。

月亮该是住在最深最深的地方吧，就这样，一直仰望夜空，天空中似乎出现了月色和水影，虚虚实实，竟一时分不清

---

①日本的代表性竖笛，无簧，管的一端外斜。

什么是现实，什么是幻象。头脑慌乱之际，朝水中扔下一块盆景石，水纹慢慢洇开，月影漂浮，如此这般，令人想起很多虚幻的情思。

小侄在一旁效仿。“我也要像姑姑那样。”他好像拿出一块砚台，说着，“我也要把月亮弄成碎片。”当的一声朝水中扔下。那块砚台是故去哥哥留下的遗物，本来是给我的重要物品。世事无常，竟然丢失，我感到自己犯下了大罪。

“小池，把东西还给我。”但是池水安然不动，明朗的月亮还残留在夜空中，留有一丝余韵，砚台变为何物了呢？我夜夜在月影下等待着，可明月没有告诉我答案。

月夜中有客来访，是人生一大乐事。平日里疏远的人，此时也亲密往来，有男客来亦开心，更何况女性朋友呢，喜悦之情溢于言表。一些难以启齿的话语，用文章来表达就会变得容易些，虽说我作的和歌并不出众。月夜的那些只言片语，深深地烙印在我的脑海里。大街上卖卦签的声音、火车的汽笛声远远传出，我的心被这些声音深深地吸引，久久无法平静。

樋口一叶年谱

1872 年（明治五年）

五月二日出生于东京府第二大区一小区内幸町二丁目（现东京都千代田区）一番的下层官吏之家。父亲名樋口则义，母亲名多喜，是家中次女，本名夏子或奈津。父亲原是山梨县的一名农民，安政四年离开故里，明治维新后来到东京府就职。樋口一叶此时已有一个姐姐和两个兄弟，之后父母又生下妹妹邦子。八月，举家搬迁至第五大区四小区下谷的樱井重兵卫方。

1873 年（明治六年） 一岁

父亲兼任东京府权中属的教部省权大讲义。

1874 年（明治七年） 两岁

二月，搬家到第二大区六小区麻布（现港区）三河台町五番。

九月，父亲任东京府中属。

1876年（明治九年） 四岁

四月，搬迁到第四大区七小区（现文京区）本乡六丁目五番地。

十二月，父亲于东京府中属退职。

1877年（明治十年） 五岁

三月，进入本乡学校上学；月末，因母亲反对被迫退学。十二月，父亲受雇于警视局，此时，一叶进入本乡町四丁目的私立吉川学校学习。

1878年（明治十一年） 六岁

六月，一叶来到吉川学校下等小学第八级（明治五年规定小学八年制，第八级相当于中国小学一年级）进修，七年级退学。其间在此学习草双纸。

1880年（明治十三年） 八岁

一叶跟友人松永政爱的太太学习裁缝。

1881年（明治十四年） 九岁

三月，父亲正式就职于警视厅。七月，搬家到下谷区御徒町三丁目三三番地。十一月，转入私立青海学校。

1883 年（明治十六年） 十一岁

十二月，一叶以青海学校小学高等科第四级第一名的优异成绩毕业，没有继续下一阶段学习，然后退学。

1884 年（明治十七年） 十二岁

从一月开始的短时间内，同京桥区新凑町的和田重雄以通信方式学习和歌。十月，全家搬到下谷区上野西黑门町二十番地居住。

1885 年（明治十八年） 十三岁

在松永政爱家遇到十八岁的涩谷三郎，二人开始了长达五年的交往。涩谷是父母的乡党前辈真下专之丞的妻妾所生之孙，在东京专门学校攻读法律。

1886 年（明治十九年） 十四岁

八月，在父亲的旧识远田澄庵的介绍下到中岛歌子的歌塾荻之舍中学习和歌。荻之舍位于小石川安腾坂，虽说是民间歌塾，但荻之舍汇集了很多名门闺秀，例如乙骨牧子、田边花圃、伊东夏子等才媛。

1887 年（明治二十年） 十五岁

一月，开始书写最初的日记《旧衣》。六月，父亲从警视厅退职，长兄泉太郎没有实现去关西赴任的愿望而回到东京，在大藏省出纳局配赋课谋得一个职位。十二月，泉太郎因肺结核不幸病殁。

1888 年（明治二十一年） 十六岁

二月，一叶正式成为樋口家的户主。五月，又搬到芝区高轮北町十九番地。父亲变卖居所，倾尽家财，在私交甚好的松岗德善资助下投资运输承包生意。九月，再次搬家到神田区表神保町二番地，父亲在神田锦町拥有一家事务所。

1889 年（明治二十二年） 十七岁

三月，父亲经商失败，举家搬迁至神田淡路町。七月，父亲病故，父亲生前曾希冀涩谷三郎同女儿完婚，以此照料妻儿的日后生活。九月，一叶带母亲妹妹投靠位于芝区西应寺町六十番地的虎之助。涩谷得知樋口家破产的消息后，单方面悔婚。

1890 年（明治二十三年） 十八岁

一月，母亲同虎之助的关系恶化，矛盾无法调和，中岛歌子知晓情况后从五月开始，将樋口一叶接入歌塾居住，并令其担任女学校的老师来负担母女三人的生计。九月，又借住于义兄长十郎邻近的本乡区菊坂町七十番地，一叶一家靠针织缝纫和浆洗衣物维持生计。

1891 年（明治二十四年） 十九岁

一月，荻之舍的姐弟田边花圃凭借作品《数之莺》作为新晋女流作家崭露头角，樋口一叶受此启发立志以文养家，开始执笔写作《一株枯萎的芒草》。四月，经妹妹邦子的友人野野宫菊子介绍结识了《朝日新闻》的记者半井桃水，桃水收一叶为徒并指导其写作。桃水当时三十二岁，妻子去世后一直独身，照顾自己的弟弟妹妹。

1892 年（明治二十五年） 二十岁

三月，桃水的友人和弟子创办了同人杂志《武藏野》，一叶在其主持的杂志上发表了处女作《暗樱》，自己的文字第一次印成铅字。四月，发表《玉举》。五月，又搬到西邻的菊坂町六九番地。六月，一叶同桃水的绯闻在荻之舍愈演愈烈，迫于世俗压力，忍痛与半井断绝师徒关系，但桃水依然在金钱上资助一叶。七月，在《武藏野》发表《五月雨》。八月，在坪内逍遥、高田早苗的介绍下，在新潟三条町区裁判所担任检察官的涩谷三郎突然来访，表示愿意同一叶完婚。十月，《经案》在甲府的《甲阳新报》上连载。十一月，《埋没》开始在一流文学杂志《都之花》上连载，十二月完结。十二月，在桃水的资助下，在单行本《胡砂风吹》上发表一首和歌。

1893 年（明治二十六年） 二十一岁

二月，在《都之花》上连载《晓月夜》。三月，《雪天》刊载在透谷、藤村等人创办的《文学界》，《文学界》的同人平田秃木来访。七月，因生计所迫，一叶一家搬家到下谷龙泉寺町三六八番地的一家三户连檐房中，俗称大音寺前（现东京都下谷区），毗邻吉原的游郭花街。八月，开了一间售卖粗点心和针线玩具的杂货铺。十二月，《琴音》刊登在《文学界》。

1894 年（明治二十七年） 二十二岁

二月，开始同占卜师兼投资商佐贺义孝周旋，此时在《文学界》发表作品《隐身花丛中》。三月，一叶向佐贺义孝提出了物质资助，想借一笔钱作为本金，佐贺义孝为与一叶幽会，欲借钱给一叶。他露骨地要求收一叶为妾，遭一叶愤慨地回绝。在平田秃木的带领下拜访了马场孤蝶，二人成为知己。四月《花笼》在《文学界》发表。五月，本乡区丸山福山町四番地搬家，成为荻之舍的一名助教，从友人处借钱，并与佐贺义孝维持着艰难的交往。七月，在《文学界》发表《暗夜》，十一月完结。八月，藤村初次访问一叶。十二月，《大年夜》在文学界发表。

1895 年（明治二十八年） 二十三岁

一月，《青梅竹马》在《文学界》开始断续连载，翌年一月完结。三月，从砚友社的作家大桥乙羽的信件中投稿给《文艺俱乐部》。四月，《檐前月》发表于《每日读卖》。五月，《行云》发表于《太阳》，上田敏、川上眉山初次探访一叶。六月，修补旧作《经案》于《文艺俱乐部》。八月《空蝉》发表于《读卖新闻》，每月附上随笔《雨夜》《月夜》；《浊流》发表于《文艺俱乐部》，在当时掀起了一股“一叶风潮”。十月，《大雁》《虫音》发表于《读卖新闻》。十二月，《十三夜》和修改后的旧作《暗夜》发表于《文艺俱乐部》。在这被和田芳惠称为“奇迹的十四月”，一叶留下了多篇深刻反映社会真实场景的优秀作品，轰动当时的日本文坛。

1896 年（明治二十九年） 二十四岁

一月，《吾子》发表于《日本乃家庭》，《岔路》发表于《国民之友》。二月，《里紫》发表于《新文坛》。四月，《青梅竹马》于《文艺俱乐部》发表，《清醒草》在《三人冗语》合评中得到森鸥外、幸田露伴和斋藤绿雨的强烈赞赏，一叶因此被赋予“真正的诗人”的称号。此时一叶的肺结核已严重恶化。五月,《通俗书简文》通过博文馆发行,《自焚》于《文艺俱乐部》发表。绿雨初次访问一叶。七月，三木竹二同幸田露伴来访，将随笔《杜鹃》发表于《文艺俱乐部》。八月，身患重病的一叶无法继续写作，将旧作和歌八首发表于《智德会杂志》，经过山龙堂病院长的亲自诊断，宣告令人绝望的消息。秋季，斋藤绿雨和森鸥外商议，邀请青山胤通前来诊断，一叶此时已危在旦夕。

十一月，前往彦根中学赴任的马场孤蝶来到病榻前探视；二十三日午前，一叶因奔马肺结核过世，死时年仅二十四岁。二十四日，绿雨，川上眉山、户川秋骨守夜；二十五日，冷清的葬礼在妹妹的主持下举行，仅有十余名亲友参加。樋口一叶埋葬于筑地本愿寺境内的樋口家墓地，残存下未完的日记、随想以及四千余首和歌。

图书在版编目（CIP）数据
十三夜 /（日）樋口一叶著；杨栩茜译. —北京：现代出版社，2019.6
ISBN 978-7-5143-7706-4

Ⅰ. ①十…　Ⅱ. ①樋…　②杨…　Ⅲ. ①中篇小说—小说集—日本—现代 ②短篇小说—小说集—日本—现代　Ⅳ. ①I313.45
中国版本图书馆CIP数据核字（2019）第046369号

十三夜

作　　者：［日］樋口一叶
译　　者：杨栩茜
责任编辑：曾雪梅　朱文婷
出版发行：现代出版社
通讯地址：北京市安定门外安华里504号
邮政编码：100011
电　　话：010-64267325　64245264（传真）
网　　址：www.1980xd.com
电子邮箱：xiandai@vip.sina.com
印　　刷：三河市宏盛印务有限公司

字　　数：122千字
开　　本：880mm×1230mm　1/32
印　　张：6.5
版　　次：2019年6月第1版
印　　次：2019年6月第1次印刷
书　　号：ISBN 978-7-5143-7706-4
定　　价：49.80元

十三夜

［日］樋口一叶丨著　只读文化工作室丨出品

只读

时间宝贵，我们只读好书。
现代译文馆
放眼人类的文学财富

和风译丛 · 新书推荐

作者：[日] 泉镜花
译者：周倩
出版时间：2019 年 5 月
ISBN：9787514372786

《汤岛之恋》是日本浪漫主义代表作家、幻想文学先驱泉镜花的经典小说集，精选《高野圣僧》《汤岛之恋》《紫阳花》《夜间巡警》《外科室》等小说代表作。

泉镜花开创了“观念文学”，以追求美的观念和浪漫主义丰富了日本文学，同时被评价为日本幻想文学的先驱。作品风格绮丽幽玄，擅以独创的修辞和暧昧的情境取胜，芥川龙之介、川端康成、谷崎润一郎、永井荷风等均受其影响。

只读

时间宝贵，我们只读好书。
现代译文馆
放眼人类的文学财富

和风译丛 · 新书推荐

作者：[日] 夏目漱石
译者：史诗
出版时间：2019 年 4 月
ISBN：978751437165

《我是猫》是日本国民大作家夏目漱石的小说代表作。

小说以一只还没有名字的猫为主角，以猫的视角看透人性，写了主人以及围绕主人家的一系列奇怪的人和事。猫的智慧反衬了人类的愚蠢。文笔幽默、滑稽而又辛辣，极富情趣。

只读

时间宝贵，我们只读好书。
现代译文馆
放眼人类的文学财富

和风译丛·新书推荐

作者：[日] 宫泽贤治
译者：程亮
出版时间：2019 年 3 月
ISBN：9787514375077

与太宰治、中岛敦并称，受川端康成、三岛由纪夫等称赞的日本作家梶井基次郎经典作品集，全新收录从未被翻译成中文的数篇作品。

梶井基次郎擅长以象征的手法及病态的幻想构织出病者忧郁的世界及理想，作品以《柠檬》为代表，投射出一个宿疾缠身的青年之心像，不受一般阶级社会观念的影响，跨越时代仍能为后世拥戴，因而被誉为“昭和的古典”。三岛由纪夫等日本作家都曾表明受其影响。

只读

时间宝贵，我们只读好书。
现代译文馆
放眼人类的文学财富

和风译丛·新书推荐

作者：［日］宫泽贤治
译者：程亮
出版时间：2019 年 3 月
ISBN：9787514376043

《银河铁道之夜》是“日本的安徒生”宫泽贤治的经典作品集，精选脍炙人口的 15 篇童话和 1 篇诗歌，同名代表作被誉为日本的《小王子》。

宫泽贤治短短的 37 年岁月，写下 94 篇童话、1000 多首诗歌，建构了一个奇妙多姿的童话世界，用质朴的语言展现了对人类与自然万物的和谐相处的反思，对生命对宇宙的关注，以及对幸福对理想的追求等，传达了身处大地、心向银河的意志，是值得大人与孩子共同阅读的理想之书、成长之书。

只读

时间宝贵，我们只读好书。
现代译文馆
放眼人类的文学财富

和风译丛·新书推荐

作者：[日] 幸田露伴
译者：文洁若
出版时间：2019 年 3 月
ISBN：9787514374605

本书收录日本著名作家幸田露伴的两部长篇代表小说《五重塔》《风流佛》。

两篇小说讲述了匠人对精美技艺的追求的故事，契合了当今对“工匠精神”的崇尚与探索，同时风格又类似中国古代章回小说，可以看出幸田露伴汉学修养的深厚，以及深受中国古典文化的影响。